魔幻帳篷
Magic Tent Theatre: 4 Plays

鍾喬◎著

出版緣起

劇場，可以是一幢建築，也可以是一門藝術，更可以是無限的風景！

劇場，是即時（simultaneous）與共時（synchronic）的，你得在該時、該地、人還要到現場，才能感受整個演出的脈動。

劇場，是綜合（synthetic）的藝術，一次的演出，幾乎可以含納文學、音樂、舞蹈、繪畫、建築、雕塑等多門藝術。

劇場，是屬於時間與空間的，它僅存在於表演者和觀眾之間，每次的演出都無法重來，也不會相同，有其獨一性（unique）。

有鑑於國內藝文表演活動愈來愈活絡，學校相關的科、系、所亦愈設越多；一般社會大眾在工作之餘，對於這類活動的參與度亦相對提高。遍訪書店門市，幾乎都設有藝術類書專櫃，甚至專區；在這類圖書當中，平面、繪畫、音樂、電影、設計、欣賞、收藏、視覺、影像等一直占市場消費的大宗，反倒是劇場（廣義地包括：戲劇、戲曲、舞蹈、行動藝術、總體藝術等）到近幾年才慢慢列入若干出版社的編輯企劃當中。

劇場的迷人魅力，在台灣，始終無法擴散開來！進而連戲劇／劇場類書籍出版的質與量亦遲遲無法提升。考察其原因，首先是出版業者的市場考量：由於這類出版品一直被認爲是「賠錢貨」，閱讀與購用族群僅有數百，頂多一、兩千，幸運的話，被相關科、系、所當作教科書（但與熱門科、系、所相比，仍屬少

數），否則初版一刷（通常只印個一千本）賣個好幾年是常有的事，不敷成本效益，沒有多少出版業者會自己跳出來當「炮灰」的，多半秉持「姑且一出」原則，要不就是在「人情壓力」下出個一、兩本；所以我們在書店裡頭，幾乎找不到出版企劃方向清楚、企圖心強盛的戲劇／劇場類叢書。

其次是連鎖書店的行銷手法：處於資訊大量蔓延的時代，就算真正還有閱讀習慣的讀者，可能也沒有辦法觀照到所有的出版品，更何況廣大的一般讀者！於是連鎖書店的「暢銷書排行榜」便發揮了「指標性」與「流行性」的效用，或多或少左右了讀者在選購圖書的取向。在市場導向與趨眾心理（閱讀流行）的操作之下，使得原本就屬小眾的戲劇／劇場類書籍的「曝光率」與「滲透率」更是雪上加霜，永遠只是戲劇／劇場同好間的資料互通有無，呈現一種零散的、混沌的傳播樣態。

再者是此類書籍的內容與品質良莠不齊：縱觀戰後五十幾年的戲劇／劇場類書籍，大抵包括了劇本、自傳（或回憶錄）、傳記（或評傳）、史料整理、理論（編劇、導演、表演等）、實務操作、評論、專論等等，有些純屬酬庸，有些缺乏體系（結集出書者居多），有些資料舊誤，有些譯文拗口，有些印刷粗劣，如此製作品質，如何吸引一般讀者／消費者？

縱觀這些出版品，仍有缺撼：出版分布零星散亂，造成入門者與愛好者不易購藏，長此以往，整個環境自然不重視這類書籍的出版與閱讀；連帶地，造成該類書籍被出版社視為「票房毒藥」，這更是一個「供需失調」的惡性循環。

揚智文化特別企劃了【劇場風景】（Theatrical Visions）系列叢書，收納現當代戲劇及劇場史、理論、專題研究等等，期望能

在穩定中求發展，發展中求創意，測繪出劇場風景的多面向：

　　對劇場表演與創作者——包括：編劇、導演、演員、設計（又概分為舞台／布景、燈光、音樂／音效、服裝／造型／化妝）——而言，劇場大師的訪談錄、回憶錄、傳記、評傳等等，最能吸引這類讀者的青睞，除了領略大師的風範之外，最重要的是吸取前人的經驗，化為自身創作的泉源。

　　對一般的劇場愛好者及讀者而言，除了劇場大師的訪談錄、回憶錄、傳記、評傳之外，創作劇本、劇壇軼事、劇場觀察之類的書籍，或可作為休閒閱讀，或可作為進一步瞭解劇場的入門書。

　　對於專業的師生或研究人員而言，除了教科書（包括：編劇、導演、排演、表演、設計、製作、行銷各分論）之外，關於戲劇及劇場的史論、理論、評論、專論，均在【劇場風景】企劃之列。

　　只有不斷出版曝光，才能增加能見度！

　　只有不斷累積紀錄，研究才成為可能！

　　　　　　　　　　　　　　　　　　　于善祿

序——聆聽一片玻璃碎片

　　鍾喬是個誠實的人，帶點孤寂感的誠實的人。

　　因為無法迴避自四周滲出的污水，只好像棉花一般將它們全部吸收。

　　於是，鍾喬就像是吸飽了污水的棉花般地，既寂寞又誠實。

　　七、八年前我和鍾喬相遇在菲律賓的民答那峨島，這是一個不太被人提起的小島，美軍與菲律賓政府軍這幾年來正聯手作戰掃盪恐怖分子的游擊隊。在此地，帝國主義露出了凶狠的目光，並把它的視線延伸成戰爭，而民答那峨島，是個連成為話題都微不足道的一塊世界的小小破片。

　　當時，我們受邀來此參加「民眾戲劇節」，每天晚上表演結束後，我們為了找酒而繞遍了整個小鎮，倒也不是真的那麼想喝酒，而是說，一個中文與英文都不通的日本人，與另一個不會說日語的台灣人，要讓這樣的兩個人溝通順暢，酒是不可或缺的道具。我們稱之為「酒‧運動」。

　　我們從菲律賓戲劇指導者口沫橫飛的討論當中溜出來，朝向第一家酒館邁進。「民眾戲劇」裡頭的「民眾」指的是誰？而「戲劇」又與民眾有何關聯？帶著意猶未盡的心情，我們又向第二家酒館邁進。從那時候以來，我們的「酒‧運動」就這樣一直持續下去，也不知道去過了多少家酒館，唯一可以確定的是，我們在每一家酒館都留下了永遠意猶未盡的談話。

　　一年後，我第一次經驗到台灣這塊土地，而鍾喬也首次認識

了日本。然後，在「差事劇團」的邀請下，「野戰之月」在淡水河邊搭起帳篷，是在那三年之後的事情。而鍾喬與「差事劇團」的首次帳篷劇公演，是在這一年後，演出的戲碼是《記憶的月台》。

事實上，在台灣公演前，這齣戲的首演是在日本的廣島，地點是一個叫做"Abierto"（西班牙文：「開放」之意）的倉庫劇場，當觀眾在場外等待入場時，「差事劇團」的演員們乘著真正的火車進場，當然，觀眾的吃驚不在話下。這樣的安排所以可能，全都是因為劇場的前方剛好有一條叫做「可部線」的電車經過，從劇場的窗子望出去，剛好可以看到車站月台的緣故。而戲的最後一個場景，是演員走出劇場，走到車站的月台上默默地等著電車的到來。

這個作品就像是個里程碑，到今天仍然被談論的《記憶的月台》這個作品，它不只是台灣劇團的一個新的活動，它標示出「民眾劇場」的可能性。為什麼呢？因為這個作品是依照著自己的意志與關係性而跨越國境的一群人的想像力的場域。這點，並不是指利用電車或月台的這點趣味的問題，而是說，台灣人以戲劇的想像力創造出一個場域，將日本的街頭場景與日本人的視線完全包攝在內，而且，這個場域之所以成立，完全是奠基於對等的關係性。

的確，正是這種對等性，包容了雙方的差異性，而且讓視線對等地交錯。正是這種交錯的時間與地點，才是屬於在場所有人的想像力的現場。

「作品可以超越國境」這句話完全是對作品優越性的膚淺幻想，那只不過是一種消費社會的意識形態。所謂「作品的優越性」

完全以存在於作品內部的「國境」做爲前提，那只不過是價值的保證。而那種價值觀只不過是企圖將早已瀕臨完全破壞的世界加以粉飾、掩飾罷了。以文化的優越性爲基準在亞洲各地頻繁地被主辦的國際文化交流或者戲劇節的大多數，幾乎都是將自我的視線寄託於歐美、日本帝國主義的眼光，親手代理東方主義的再生產的作業。而問題的癥結在於，一個個人（或者是一個民眾）能否與現實世界處在對等的立場的這點上。民眾，一方面身處於現實世界的破壞與殺戮，可是另一方面卻又不能不挺起胸膛，傲然地站立在世界的正中央。即使被這個現實世界宣告死亡，也不需要順從，無論是多麼弱小的存在，也不需要卑微。

　　儘管有時會逃避、會躲藏，但是不需要在現實世界的面前卑微自己。我想，戲劇，就是設定在這樣的問題意識之上，才能發揮其力量吧。

　　我想，這樣的想法，應當已經反映在鍾喬和「差事劇場」這幾年來不斷努力奮鬥的「民眾劇場」的言說和活動之上，以及或多或少，我在參與他們活動當中的體驗吧！

　　透過鍾喬的視線，我接觸到了台灣這塊土地與文化。這點，我想，我是幸運的。無論如何在這裡，我看到了一群不喜歡粉飾和遮掩的台灣人，以及不屈從的生活方式。很意外地，從鍾喬劇本的字裡行間所滲透出來的，是棲居在他胃袋當中樂天的「民眾」。從鏤刻在他詩句的某種苦悶的當中，我們隱隱約約可以看到這種大而化之的身影。當然，這些身影所以出現，完全是鍾喬付出誠實的苦戰所得到的代價吧！

　　在民答那峨島上相逢的那個時刻，這個世界的扭曲已經到達極限。爛醉如泥的我們好幾次談到了這個世界的歪曲。如今，就

像是玻璃在極度的擠壓扭曲當中迸裂散成破片一般，這個現實世界是碎裂的破片。或者說，這個世界除了破片之外什麼都不是的這個事實已經歷然地擺在我們的眼前。以往局促地鑲嵌在我們窗子上的玻璃，如今已經化作碎片散落在我們的腳下，就像是斷氣的現實世界，痛苦掙扎地化做污水，流進我們的房間裡來。

　　想必，如果是鍾喬的話，他一定會拾起一片玻璃的破片，任憑污水從窗子外不斷地流進來，而他卻一直矗立在那裡，盯著那一片碎玻璃看。之後，想必他就會注意到，正是那一片玻璃碎片，在它裡面有這個世界的記憶，在它裡面有這個世界的終點。

　　想必，如果是鍾喬的話，他一定會聆聽這一片玻璃碎片，在聆聽當中找出我們過去與未來的那首歌。

櫻井大造

（野戰之月／海筆子）

自序

　　帳篷是一個居無定所的空間。它從「無」到「有」，又從「有」到「無」；從「破」而「立」，又從「立」而「破」。因為這樣的特殊情境，它得以收容生命中的流離失所。但通常它是以某種隱喻的狀況出現在人們的眼前。也就是說，它所收容的不會是這支離破碎的世界上，那些被帝國的武力與資本徹底解體的具體的人；而是經由想像力量的鬥爭，將被解體的人的靈魂召喚回來。如此，我們找到了一個表現的場域。

　　邊緣的靈魂，經由想像的催化，和現實發生若即若離的關係。讓我們好像走進了魯迅散文詩《影的告別》的情境世界中。魯迅以某種堪稱尖塔式的隱喻，朝深淵中的生命吶喊著。他筆下的影子，畢竟消失於白天，又無法現身於黑暗中，便只有在光與暗的交錯地帶徘徊……。這彷徨中的徘徊是光與暗的錯叉，當然也成為想像鬥爭如何穿越邊緣現實的曲徑。

　　一個在現實世界中全然找不到憑據的時空，經由「表現者」（意指參與帳篷劇的所有人員）的設計、動手、爭辯、凝視……，突然間出現在人們的面前。當它以「荒涼死境」的情態湧上前來時，我們不得不相信那全然不是為創造異地性的美感而來，而是資本積澱下來的雜質，逼迫著我們在帳篷中去創造一個魔幻的世界，它會是另一種現實，另一種人生的想像。

　　這本劇作集的出版，不僅僅是個人創作的表現，因為它涉及了曾經到帳篷或劇場來看戲的所有的觀眾，甚至涵蓋那些關切演出而沒有到場的人們。民眾的記憶是集體的記憶，民眾的想像是

共同的想像。當我將劇本中的角色、對話、場景、舞台、音樂統統置放在帳篷的舞台中時，最常想到的是：我和我的劇場夥伴們如何面對被召喚到帳篷中的民眾的靈魂？

　　如果，我們用全副的想像力所撐起的民眾記憶，得以在這個世界面前稍作喘息，並安頓持續崩解的邊陲地域，則一切都會是劇場行動的生與滅。

　　這本書付梓的前夕，曾經在劇本《霧中迷宮》裡扮演站長角色的陳明才，由於終年爲躁鬱症所苦，最後選擇了在台東都蘭海邊跳海自盡！我與阿才相識雖僅兩年，卻常感其生命的殊異與雜陳。一時之間，的確難以言語來形容其人、其事、其身影、其詭譎如暗潮的內心世界。因爲，他在帳篷劇中出沒如影的情景，令人難以忘懷，我在一首悼念他的詩中留下這樣的詩行：

> 他們只是人，在殺手的凝視下，
>
> 感覺黃昏來得如此突兀，
>
> 而死亡竟如此漠然⋯⋯。

　　我想，無論如何，阿才以他沉入海底深處的靈魂，凝視著這個逐漸扭曲、變形的現實。他的存在，置身於所有民眾的存在當中。他的身影，曾經與帳篷中的戲劇共生滅。

　　最後，我非常感謝于善祿以他年輕而用功的學者身分，在商品價值凌駕一切的出版海洋中，仍不懈地，引介這本書登上出版的岸。

　　還有林于竝的導讀，相信是出現於台灣劇場界，第一篇相關於帳篷劇的文論。它讓這本劇本集，從平面文字走向立體時空的想像。

目錄

照片提供／差事劇團

　　當一個世代逝去，並不意味著所有關於那個世代的一切，從而在這個世界中消失。只不過，它以記憶的「氣態體」往返在現今的時空中。這「氣態體」並且衍生著某種催化當下創意的作用。創始於1960年代末期的日本帳篷劇，一開始，就帶有濃烈的社會改造美學，因其色彩的激進化，演變成為劇場運動者「帶著走的拒馬」。

　　拒馬，一般意味著警察防堵激烈抗爭的工具，但流動的劇場，竟也有了反包圍的拒馬，稱作「帳篷」。

　　跟隨著世局快速變遷，帳篷劇的激進色彩轉而為全球化風潮下流亡者的棲身之所。甚且，僅僅是「想像力的緊急避難所」。但最重要的，帳篷裡的美學，從一個逝去的時空中，找回了現今存在的魔力。它是一種動態的辯證轉化中的過程。

攝影／林盟山

　　西元2000年起浮現在台灣空地上的這座帳篷，它既潛藏著民眾戲劇的軌跡，也與已逝的、遙遠的70年代的帳篷劇發生著某種跨越性的關聯。「跨越性」意味著某種與時俱進的內涵；亦即，並非以停留在過去的某個特定時空來規範自身；也不耽溺於當前的本土時空。

　　因為現代建築力學而設計的這座帳篷，呈現著某種美感和輕便的造型。但單單就它曾歷經一場大颱風的吹襲仍屹立的經驗來看，其存在必須和惡劣的環境對抗，也要在這樣的對抗中，從內部蘊生出民眾內在生命的想像力。

　　「我們從那裡來？下一步，又要到那裡去呢？」對於帳篷劇場而言，不會是兩個分開的命題。而是相同而反覆辯證的議題。

攝影／李旭彬

攝影／林惠滿

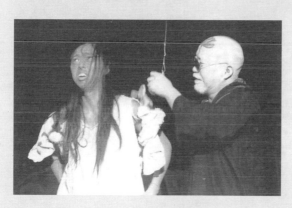

差事劇團

差事劇團

　　什麼樣的戲劇表現會和詩歌的豐富性產生直接或間接的脈動呢？《記憶的月台》
從這樣的問題點出發，接著是一站又一站揉和著現實與想像的景致，浮現在生命面
前。為什麼是詩歌呢？多少和創作者局部地參與過80年代的社會運動，又寫過幾篇
不成氣候的報導篇章有深厚的聯繫！又或者說是和不滿於那些彷徨於現實前的身影
有關吧！想去尋找一種聲音，它潛藏於被壓抑生命的內在底層，唯有藉助於詩歌的
「隱喻」了。

　　面對自己生命中的不安、妥協、逃避，甚且是理想、情愛的糾葛與撕扯，讓人
更想從民眾的表象寫實中出走……。

　　在《記憶的月台》上，有被現實所遺棄，卻又在記憶中遺棄現實的人物；他們
同時是進出劇場內、外的生命。

攝影／王昱欽

　　詩歌當然是轉化現實最有力的創作型式。當現實在氾濫的媒體面前被層層重複雜疊，又被剝皮似地削去事實的真相時，詩歌觸動了民眾生命的底層。但詩歌畢竟是躺在紙上的文字意象，在美學的時空中，它顯得何等無辜，又何等需要想像的磁場，讓自身的多面向得以具現。

　　《海上旅館》在這樣的反思中漸漸成型。有趣的是，經由詩歌的轉化之後，劇中並未出現和海上漁工相關的寫實場景、角色……甚或身影。

　　魯迅的寫實主義是非常詩化的寫實。他的文字世界布滿被壓迫民眾的心靈。在散文詩《影的告別》中，他說出了影的告白。表白自己將在不知道時候的時候，獨自遠行。理由是影子會被黑暗所吞併，而光明又會使它消失。

　　就這樣，生命寧可彷徨於無地。

　　不知道什麼時候起，《海上旅館》上漂泊於無地的漁工身影，在某個詩人的心神中找到了詩的隱喻。於是，劇場裡也往返著流亡的聲與影，要向浮沉於政治浪沫的島嶼，升起告別的旗幟。

照片提供 / 差事劇團

攝影 / Ron Smith

攝影 / Ron Smith

攝影 / 林盟山

　　作家創造了一個城鎮，它可能是地圖上被遺忘的某個角落；也有可能根本不存在於現世上。但這都不是最重要的，因爲，無論如何，這個城鎮要在小說的最後一個章節中，從這個世界上消失。這是馬奎斯的魔幻寫實筆法下孤寂百年之久的馬康多。

　　小說中城鎮的出現與消失，恰如帳篷中戲劇情境的發生與拆解。它們都和想像世界的鬥爭有關。當今世界的現實已經被文明的謊言撕裂成殘酷的碎片。我們必須在想像中找尋碎裂的眞實，雖然，眞實的裂片並無助於我們對未來的構築。

　　爲了抵擋人在資本優渥下固守一地的傲慢與優越，現實的種種，開始滑向想像的邊境，在那裡駐紮，並將視線朝向更形偏遠的困頓國境中的人物！如此，似乎找到了搭帳篷演戲的目的。

　　《霧中迷宮》呈現了一個被現代性殘酷切割開來的世界；這碎裂的現實，卻得以在和想像相遇時，挾持了時空中遺落的因子，交互融合於魔幻帳篷的舞台上。

導讀——魔幻帳篷的想像世界

林于竝

鍾喬與「帳篷劇」

　　對於鍾喬《記憶的月台》、《海上旅館》以及《霧中迷宮》這三個劇本，我們必須準備兩個理解的框架。首先，這三個劇本是延續他追尋的「民眾劇場」的軌跡所創作的作品。另外，這是為了「帳篷」這種特殊的劇場空間的可能性而寫的劇本。

　　80年代，鍾喬擔任《人間》雜誌的編輯，在戒嚴的年代裡，《人間》雜誌以犀利的文章、大膽凝視的照片，揭露當時人們所不願正視，也不敢正視的社會陰暗角落。在那裡，發現了不斷地在歷史上受苦，也不斷被歷史忽略的無名氏的「民眾」。在這條延長線上，將他的領域拓展到劇場來，於90年開始他的「民眾劇場」的活動。對於鍾喬而言，劇場不是用來慰藉中產階級因為工作而疲憊的身心，也不是為了排解都市人空虛寂寞而存在，而是為了捕捉從來未曾在歷史舞台上登場亮相的「民眾」瞬間的身影，企圖讓被文化帝國主義壓抑的第三世界人民，或稱之為「沉默的文化」的「民眾」發出聲音來。

　　1995年，鍾喬在菲律賓的民答那峨島認識了日本帳篷戲劇「野戰之月」的劇作家兼導演櫻井大造。日本戰後60、70年代的小劇場普遍地左傾激進，其中櫻井大造的戲劇更是激進中的過激派。從「野戰之月」的前身劇團「曲馬館」以及劇團「風之旅團」開始，櫻井大造就選擇了背負著帳篷巡迴日本各個大小鄉鎮的這種方式，作為他戲劇表現的手段。而他的作品更是對於日本天皇制度以及成為其共犯結構的日本社會露骨的批判。鍾喬與櫻井大造兩人在對於政治思想、戲劇觀點與舞台美學上有許多共通的地

方，但也有其歧義之處。於是，就在酒力的催化之下，以隻字片語的英文相談甚歡，並且展開此後台灣「差事劇場」與日本「野戰之月」之間的深度交流。

　　對於雙方而言，每次的偶遇都爲各自往後的戲劇方向產生了決定性的影響。例如，在談話當中，櫻井大造曾經受到對於魯迅情有獨鍾的鍾喬的觸發，因而以魯迅筆下的阿Q作爲腳色原型，創造了《阿Q之陣》、《阿Q基因密碼》等一系列的戲劇作品。而透過櫻井大造，鍾喬將帳篷劇這種劇場空間的可能性與思維方式帶進他的「民眾劇場」當中。櫻井大造曾幾度來台，而鍾喬也數次訪日，近距離接觸了櫻井大造帳篷劇的製作過程以及實際的作品。就這樣，日本與台灣之間的一來一往之下，實現了「野戰之月」首次的來台公演的約定。1999年夏天，「野戰之月」的團員們以臨時搭蓋起來的婚喪喜慶用的本地帳篷，在三重重新橋下的二重疏洪道河堤旁邊搭起帳篷演出《出核害記》。這是自1992年唐十郎在台北林森公園搭起紅帳篷演出《檳榔的封印》以來，第二次帳篷劇在台灣的演出。翌年，鍾喬的第一號帳篷劇作品《記憶的月台》由櫻井大造與鍾喬聯合執導，在華山的空地上搭帳篷演出。這次演出，無論對於台灣觀眾或者「差事劇場」的演員而言，無疑都是個未曾有的劇場經驗。接下來，鍾喬於2001年在「差事劇場」的地下室裡演出《海上旅館》。這個作品雖然標明爲「詩劇」，但是，從將地下室劇場的地板堆滿著泥土和水等的舞台景觀，以及演員的表演方法等方面看來，其實我們不難發現帳篷劇特有的空間形式和邏輯已經滲入了「差事劇團」的表現靈魂中了。2002年5月，鍾喬再度推出第二號帳篷劇作品《霧中迷宮》。從此，「帳篷劇」與「社區劇場」的工作坊成爲差事劇場的「兩只飛翔的翅膀」。

　　劇本，雖然是以語言爲形式的藝術，但是不同於詩歌、小說等其他文學，劇本的語言並不是戲劇藝術最終的型態，而只是等待著被演員表演、被在時空當中再度發生的「可能態」而已。因此，劇本的語言都在其內部蘊涵著某種「身體」與「空間」的可能性，同時，劇本的語言也都被這種「身體」與「空間」的可能性所制約著。很顯然地，鍾喬的這幾個作品是爲了帳篷這種空間以及帳篷劇的表演形式而寫的，因此，要瞭解其作品，首先我們要知道所謂「帳篷劇」它的特徵是什麼，它的表演形式與空間的可能性爲何，如何制約劇本的語言形式，以及它所形成的歷史與社會的過程爲何等等。但同時我們也必須注意的是，「差事劇團」的帳篷劇雖然與日本的帳篷劇有所關聯，卻也有所區別，它是奠基在「民眾劇場」的延長線上，產生於台灣特殊的文脈上的東西。

「帳篷劇」是什麼？

　　「帳篷劇」顧名思義是在臨時的場所所搭建的帳篷當中所演出的劇場形式。雖然說它是日本戰後小劇場運動所創生的一種新劇種，但是，在臨時搭建，隨後又立即拆卸的舞台空間裡表演，一直是日本傳統藝能的特徵之一。從60年代起，日本掀起了一陣小劇場運動的風潮。阻止日本政府與美國繼續簽訂「日美安全保障條約」所引發的「安保鬥爭」是這一代小劇場運動者們的共同體驗。以「反美」和「反體制」作爲精神後盾的小劇場運動，以「顛覆」和「破壞」作爲劇場藝術的美學尺度。他們除了對於既有戲劇作品裡頭的「意義」或「形式」等部分提出質疑之外，更對

於以往戲劇的「文化地位」、「組織方式」、「演出場地」等屬於「戲劇制度」的層面高唱異議，企圖從根本否定既成戲劇所賴以成立的一切。以這樣湧動不安的精神和否定的美學作為背景，加上受到美國Living Theatre和「偶發藝術」的刺激，日本戰後的小劇場運動爭相在公園、野外、市街、咖啡店排練教室等非劇場的表演空間裡頭演出。而第一個以帳篷作為表演場所的是「狀況劇場」（後來的「紅帳篷」）的唐十郎。

「狀況劇場」

　　「狀況劇場」成立於1962年。最初除了在小劇場演出唐十郎自創劇本之外，「狀況劇場」也在公園的水池等地點演出類似「偶發藝術」的野外劇。「狀況劇場」首次以搭蓋的帳篷作為表演空間，是1967年演出《月笛阿仙：義理人情初級篇》這齣戲碼。這次的演出堪稱一個「社會事件」，同時這個事件除了標示出「帳篷劇」的本質之外，同時也形成了帳篷劇表演形式的「傳統」。

　　60年代的東京街頭充滿著「安保鬥爭」的騷亂不安，尤其是新宿街頭是嬉皮、無政府主義者、次文化年輕人、虛無主義藝術家等分子的聚集之地，更時常成為街頭抗爭衝突的舞台。整個新宿瀰漫著一觸即發的緊張氣氛。1967年「狀況劇場」計畫在新宿花園神社的庭園裡頭演出《月笛阿仙：義理人情初級篇》時，雖然屢次提出申請，但仍不為新宿警方所批准，於是「狀況劇場」決定強行演出。演出當天，武裝的鎮暴警察將帳篷四周團團圍住，由於帳篷劇場的外壁只是一張薄薄的帆布，鎮暴警察一邊將警棍揮向坐在最邊緣的觀眾，一邊不斷以擴音器阻撓演出。觀眾的哀嚎聲、警察的咒罵聲、演員表演聲、警車的笛鳴聲此起彼落，發生在劇場內的「戲劇」與劇場外的「戲劇」交織輝映。就

在這樣劍拔弩張的氣氛下，「狀況劇場」的演員更不甘示弱，用盡能量，幾乎是以嘶吼的方式念完台詞。此後，這種演員能量全開的表演方式成爲了帳篷劇的表演傳統。就像是這次演出所象徵的，以薄薄一層帆布隔開劇場的內部與外部，這種「現實」與「虛構」不斷地相互滲透攪亂，更形成了以後帳篷劇最基本的劇場美學特色。

「黑帳篷」劇場

　　繼唐十郎的「狀況劇場」之後，另一個開始以帳篷作爲劇場型態的是以佐藤信爲領導中心的「黑帳篷」劇場。「黑帳篷」的前身是「自由劇場」、「六月劇場」與「發現之會」。這三個團體爲了地方巡迴演出之便成立了營運單位「演劇中心68」。但是翌年，在「發現之會」退出同盟組織後，原本爲了營運目的而成立的「演劇中心68」，便改組成爲以推動戲劇運動爲目的的組織——「演劇中心68/69」。這個企圖心旺盛的組織底下共分五個部門，分別是「據點劇場」、「移動劇場」、「壁面劇場」、「教育」以及「出版」。它們不甘只將戲劇安住在與世隔絕的劇場中。而是企圖要將戲劇由一個單純的作品內的世界拓展成全面性的社會改革運動。其中的「移動劇場」就是以帳篷劇的方式巡迴演出日本各地。1970年「黑帳篷」劇場以四個月的時間餐風露宿、忍受寒暑，巡迴了日本五十個市鎮演出《燃翼天使的舞踏》、這是一齣描述選擇了暴力革命的馬拉與鼓吹情色革命的薩德之間故事的作品。對於「黑帳篷」而言，帳篷劇代表著一種戲劇的社會革命，一種浪漫的、天眞理想主義的民眾意識的改革運動。

　　經歷過「安保鬥爭」與「大學紛爭」的小劇場運動者們稱呼「帳篷」爲「帶著走的拒馬」。在70年代，鎮暴警察將原本被學生

運動占領的大學校園一一攻陷，將用課桌椅堆砌而成的拒馬一一
拆毀，當社會逐漸回歸到「正常」的生活時，這群小劇場運動者
將革命的理想化做漂泊的旅程，在自我放逐當中找尋浪漫的依
歸。在此時，帶有濃厚自我流亡意味的帳篷劇象徵著挫敗的理想
以及孤獨者的浪漫。

帳篷劇的特色

　　「帳篷劇」是個戰後新興的劇種。它之所以被視爲一個「劇
種」，不單只因爲它是在帳篷裡頭演的，而是因爲它擁有形成一個
「藝術範疇」所不可或缺的「帳篷劇美學」。這個「帳篷劇美學」
規制了劇本的結構與文體、演員的表演方式、劇場空間的使用等
所有帳篷劇的表現要素。關於帳篷劇，我們可以描繪出下列的幾
項特徵。

「非日常性」對於日常的侵犯

　　首先，帳篷劇最明顯的特徵是在其空間形式上。帳篷劇不是
常設的劇場機構，而是像馬戲團一般突然出現而後又隨即消失。
對於定居於都市的觀眾而言，帳篷劇的邏輯是吉普賽式的游牧思
考，這種思考是以非日常性對日常的侵犯。

　　帳篷劇對於搭建帳篷場地的選擇有某種傾向。帳篷劇總是選
擇河邊、廢棄工廠外的荒地或者位於都會角落的神社等地。這些
場所的共同處，就在於他們都是屬於都市的邊陲，從權力中心所
宰制的空間當中往外部溢出的過渡地帶。而這種對於空間的選
擇，事實上反映出帳篷劇對於自身發言的位置與姿態。「紅帳篷」

的唐十郎稱帳篷劇的演員為「河原者」。所謂「河原者」是指住在河邊的人。在日本，以前住在河邊的人，都是一些從事清污工作或妓院裡需要使用到水源來工作的「賤民」。而這些「河原者」同時也是歌舞伎等日本傳統藝能的發始人。他們所身處的邊緣位置提供他們與位於權力主流者不同的觀點，而這種觀點正是藝術想像力的無窮泉源。日本戰後的小劇場運動者，從傳統藝能當中，從「民眾」豐沛的創造力當中得到觸發，將左派的「批判性」觀點與「河原者」的空間精神結合，藉著「帳篷」的形式，在空間政治學上將自己放在一個永遠「激進」的位置。

「親密空間」

其次，帳篷劇的空間是個極度的「親密空間」，這種空間的特性決定了帳篷劇舞台與觀眾的關係性。在空間的物理條件上，帳篷劇場是極度狹小的空間。往往就在不到八平方公尺大小的方寸之地，要擠下兩三百人的觀眾。這種「收納技巧」也是帳篷劇的一絕。例如，「紅帳篷」，在入口處每個觀眾會拿到一只塑膠袋，要觀眾將自己的鞋子裝到塑膠袋裡頭，然後墊在屁股底下當座墊。工作人員很有效地指揮觀眾擠了再擠，直到所有觀眾都進場。而表演區更是狹小，演員的表演幾乎逼近到第一排觀眾的頭頂上。舞台的進行當中，演員的口水像下雨般不斷降在第一排觀眾的頭頂上。這種空間上的先天限制成了帳篷劇強烈的空間性格。帳篷劇的一個不成文的遊戲規則是「如何將最小空間做最不合理的最大使用」。無論是帳篷前方後方、帳篷頭頂上的天花板，甚至帳篷外的所有環境都是帳篷劇的表演區域。而這種在物理上的「狹小空間」對於劇場而言是個「親密空間」。所謂「親密空間」是指觀眾對於舞台上所發生的一切投注以最大的「合作意願」，使

得虛構的戲劇事件得以成立。

「身體性的」語言

　　另外，帳篷劇場的空間特徵是內部與外部的相互越界。就現實的條件而言，帳篷劇場無法做到現代劇場最基本的「全然的黑暗」與「全然的無聲」的狀態。從薄薄的一層帆布外面不斷滲入周遭的光亮與聲響。一方面由於演員表演的細節，在這樣的環境條件之下無法被觀眾所注意到；加上演員必須與周遭的干擾對抗，因此帳篷劇的表演方式都是「能量全開型」。演員的能量只要稍微低落就會被整個環境所吞噬。帳篷劇的這空間／表演的特色也影響了劇本結構與語言結構。在以寫實主義爲中心的現代戲劇裡，戲劇語言是以「日常性對話」爲主要，這種「日常性對話」的語言大都是簡短、片段而不完整的。這種「日常性對話」的語言在戲劇上的成立是以現代劇場的可能性作爲前提的，因爲現代戲劇的戲劇性並非存在於「語言」本身，而在於「語言」背後的「情境」，也就是發出這些話語時角色所身處的狀況。語言只是退於這個「情境」的反映或者投射。在舞台上，「情境」大都不是表現在語言本身，而是出現在角色對於語言的反應，以及語言和語言之間沉默的時刻。而要能表現這種戲劇性也只有在可以製造出完全的黑暗與無聲的現代劇場才能實現。總括以上這幾點，相對於現代戲劇的語言，帳篷劇的語言形式有以下幾個特徵：首先，在帳篷劇裡，外在的干擾隨時可能中斷表演的狀況下，爲了與其他噪音區隔開來，語言非得自我形成一個「符號體系」不可。換句話說，帳篷劇的語言形式不是「日常性對話」的語言，而是需仰賴高度程式化的「非日常性的語言」。再者，一般寫實主義戲劇的場合，「語言」被包含在於「情境」當中，而帳篷劇的

「情境」卻存在於「語言」裡頭。帳篷劇的「戲劇性」並不在於語言的「情境」，而是在語言本身。因此，這種語言，與其說是「對話性」的，到不如說是「敘述性」的語言。帳篷劇的語言是以演員「能量全開」式的表演為前提，這種語言型態往往是在音節上適合於「吶喊」、在呼吸上適合「運動」、在感情上適合於「哀嘆」的「身體性」的語言。

鍾喬的帳篷劇

　　鍾喬在劇作家之前是詩人。他的劇本給人的第一印象是其濃郁的詩的性格。這種詩的性格並不是起因於他戲劇語言詩化的文體，而是因為他的戲劇顯現的一個不斷流動的世界。正如在他的劇本裡大量出現而顯示的「記憶」、「夢」、「想像」、「霧」與「迷宮」等元素，鍾喬的戲劇世界彷彿一個不斷地翻攪、蠕動的流動體，在吞噬著現實世界的所有一切時緩緩前進。這種流動的性格使得他的戲劇有著類似「詩」的抒情性。關於鍾喬的作品特徵可以從下面幾點來說明：

「荒涼死境」：「居所不定」的場所

　　嚴格地說，鍾喬的這三個作品並沒有所謂的戲劇事件，給戲劇塗上強烈的色彩首先是「場所」的性格。鍾喬戲劇所選擇的場景有著強烈的「居所不定」的性格。例如，《記憶的月台》，一開始是在一個叫做「記憶」的車站，這個車站是一個早已停駛的廢站，一群人正來到這裡等一班永遠不會來的火車。《海上旅館》的場景首先是在一個「彷彿牢房的餐廳」裡，可是這餐廳隨即如

夢境般轉變成碼頭，一群演員在波濤洶湧的碼頭旁排練戲劇。《霧中迷宮》的場景也是在車站的月台上，這個車站每天清晨五點半時雖然有火車會來，但是那終究只不過是一列幻想的火車。因為這個小鎮早已變成了被輻射線所污染的廢核料掩埋場。到底叫做「記憶」的車站是個怎樣的車站？為何一群演員會在碼頭旁排練戲劇？每天清晨五點半幻想的火車在那裡？這些「場所」不同於一般戲劇事件當中所發生的地點，因為鍾喬戲劇裡的「場景」都是極端抽象而模糊，欠缺做為一個發生某些事件的地點所需要的具體性。這些地點都是「不屬於任何地點的地點」，是「居所不定」的場所。而且包圍著這個地帶的周圍區域，都早已因為核廢料掩埋、戴奧辛污染、遷村，戰爭社會事件的因素而變成被世界所遺忘的，沒有人煙的「荒涼死境」。

「受難者」的典型

　　雖然是人煙罕至的「荒涼死境」，但是卻有一群「人物」不知從何處突如其然地「來到了」這個場所，鍾喬的戲劇就從這個地方開始。例如，在《記憶的月台》當中，小紅，一個被賣身的原住民少女，因為過去可怕的記憶而無法入睡，在現實與夢境的擺盪之間迷迷糊糊地來到了這個叫做「記憶」的月台；接著是Lela，一個生活在被稱為smoky mountain的垃圾山的菲律賓母親，因為有個「穿著黑色的大衣，撐著黑傘的男人」告訴她「只要到記憶的月台去，搭上午夜的火車，就可以到她想去的地方」，因而來到這裡；Dream是一個在美軍的空襲當中被炸死的越南村民的幽靈，拿著畫漫畫的心愛筆記本也遊蕩到「記憶的月台」來；沈惠的父親是被日本徵兵而逃到大陸南方的台灣人，她雖然出生在大陸可是卻被賣到台灣成為大陸新娘。在歷史的錯誤與資本主義

的擺弄當中，沈惠千瘡百孔地回到了她的故鄉台灣。在《海上旅館》裡頭，「旅行之女」突然從碼頭上的一個桶子裡冒出來。之後出現一群演員，他們在碼頭邊「即興表演」，並且將「旅行之女」捲入即興表演當中。可是原本只是練習的即興表演卻因爲衆人的「想像力」而逐漸變得眞實起來。「旅行之女」與演員們逐漸變成了海上旅館的漁工、被日本軍強暴凌虐而「從私處滲出血來」的慰安婦、拉丁美洲革命英雄格瓦拉等角色一一登場。在《霧中迷宮》裡，一位站長在廢棄車站等著一班不會再來的火車。接著又來了一個扛著漂流木的原住民。他因爲漢人政府的遷村計畫而失去家鄉到處流亡，有個劇作家在白色恐怖的時代裡被槍決死亡，而他所遺留下來的劇本也在戲院的火災當中被燒成灰燼。

　　這些出現在劇本中的角色，他們的時代、族群以及歷史背景各不同，換句話說，他們是屬於不同時空的人物，可是卻在戲劇場景當中相會。唯一相關之處，是他們都是在各個歷史當中遭受到各式各樣迫害的人，他們都是「受難者」的典型，也就是作者心目中的「民衆」形象。鍾喬的戲劇彷彿苦難的博物館。在那裡面，「民衆」以「受難者」的典型形象出場。他們雖然是擁有自己的名字、有自己的故事的「角色」，但是這些「角色」只是人類龐大苦難史中抽樣出來的人物。鍾喬從一群沒有名字、沒有臉孔、沒有故事的「民衆」當中，將他們選擇出來，賦予他們名字，讓他們出現在舞台上。

「回憶」：招喚過去的幽靈

　　「居所不定」與「荒涼死境」的空間性格使得戲劇裡的「事件」呈現出靜態的傾向；其實，舞台上角色們最主要的戲劇動作是「回憶」。一群「受難者」的典型人物相遇在某個場所裡各自「回

憶過往」。例如，在《記憶的月台》的一個場景當中，劇中人物
（小紅）敘述關於自己的一段記憶：

> 我怎麼也難以忘記，那個空蕩蕩的下午，部落裡吹著一陣陣熟悉
> 的海風。我就坐在家門前的那棵大樹下，等媽媽從城市裡回來…
> …我等著、等著……等了很久……。媽媽沒有回來，爸爸手裡拎
> 著那瓶喝光了的紅標米酒，嘴裡念念有詞地從門裡顛顛倒倒地走
> 了出來……。跌了一跤，就倒下去了……。
>
> 我等著，突然間，一輛黑色的轎車很快地駛到門口，我看見媽媽
> 在車上，旁邊坐著兩個長得很兇惡的城市人。我站起來，向媽媽
> 招手……。沒想到，媽媽竟然沒理睬地下了車，就往家門的對面
> 走去……。
>
> 我喊著：「媽……」媽媽已經不見蹤影了……。然後，那兩個城
> 市人走到我身旁來……走到我身旁來。

作品所以選擇「受難者」做為角色的典型，是因為他們擁有
各自的「故事」：慰安婦在日本軍的威脅之下打開雙腿；原住民
因為遷村而流離失所；因為「白色恐怖」，一位劇作家被捉去處
決，作品被銷毀；生活於smoky mountain的菲律賓母親，在不斷
地冒出濃煙的垃圾山上撿垃圾，來哺育著她的子女。這一些故事
都是人類歷史上，一件又一件民眾被迫害的事件。只不過，鍾喬
並不是以現在進行的時態將這些「事件」再現在舞台上。在他的
作品裡，戲劇進行的那個當下，真正的「事件」早已結束。舞台
上正在進行的，是這些受難者正在「回憶」曾經發生在自己身上
的事件。此時，角色們並不是事件裡頭的行動者，而是故事的
「敘述者」。這些「民眾」在人類歷史裡頭所經歷的事件，是以
「敘述」的型態，再度地被呈現在觀眾的面前。換句話說，舞台上

所呈現的並不是事件本身，而是關於事件的「記憶」。因爲眞正關心的不是事件眞相的外貌，而是民眾記憶的問題，鍾喬說：「在高度資本主義消費生活中，庶民已經在商品價值的扭曲下，從生活中『異化』出去了。也因此，劇場在共同的勞作中復甦庶民的記憶，變成不可避免的差事，因爲，透過記憶得以照見庶民生活的本質。」

　　但是，隨著對於自己過去的敘述，劇中人物（小紅）卻漸漸地召喚出過去的記憶，記憶的場景逐漸地從過去回到了現在：

（一臉驚懼地）不要……不要……你們要幹什麼！要帶我到那裡去……。

（掙扎後，一陣屏息聲）拜託你們告訴我，要帶我到那裡去，好嗎？

（片刻的掙扎中，小紅跌到地面上）

你們放了我，把我給放了，放了我……。

一陣陣濃濃的黑煙在高高的白雲上翻滾，翻滾……，之後，又是一陣陣的火焰，燒得滿天通紅。我在那裡？這裡是什麼地方呢？

哦！（突然間想起來）

我還看見煙囪的四周吊著一匹匹懸空的彩色木馬，像馬戲團，喔！不，更像校園裡的旋轉木馬……。我坐在上面，轉呀轉地，好暈，好暈……要轉到那裡去呢？

　　劇本的文體是「召喚過去」的文體，這種文體的語言是建構在演員的「獨腳戲」的表演之上。劇中人物在敘述當中進入了過去的時空，藉此，原本不可視的「記憶」，也藉由演員的表演變成可視的場景出現在觀眾的眼前。

「迷宮」：記憶羅列的森林

　　在不屬於這個世界的「荒涼死境」裡，一群「受難者」的幽靈來到這裡敘述他們過往的故事，在敘述當中喚起民眾的「記憶」，這是作者的劇作法。他企圖以這種劇作法，將整個人類龐大的民眾受難史收攝進小小的帳篷劇場裡。但不只是將民眾的記憶引用並置於帳篷裡頭，更讓帳篷彷彿培養皿般，將他從民眾當中取樣的「記憶」，在這裡繁衍滋生，幻化成另一種截然不同的形貌。類似詩的語言作用，戲劇的推展並不在於事件的因果關係的連鎖，而在於戲劇語言的「隱喻」或「換喻」。在他的劇本裡頭一個「場景」牽引出另一個「場景」，一個「受難者」形象呼喚出另一個「受難者」形象，一個「記憶」喚醒另一個「記憶」，整個戲劇時空因而呈現出流動的夢幻感覺。

　　例如，在《霧中迷宮》裡，因為新政府遷村計畫而離開家鄉自我流亡的原住民巴拉赫在消失多年之後再度現身，在他消失的這幾年當中，巴拉赫到巴勒斯坦加入了對抗以色列軍警的行列。一個劇作家在遙遠的年代被槍決，他死後將密碼式的劇本遺留在劇場當中，可是在劇場被大火焚毀之後，在一場夢境當中，劇本的斷簡殘篇竟然出現在女詩人的臉上。而迷失在現實與夢境之間的阿含失去了記憶，只依稀記得她要到「隘勇線」去看流星雨。在她吃了「記憶的泥土」之後才想起來她原來是要到「隘勇線」附近的一個教堂裡去結婚。一個如夢般突然出現的傀儡戲班的女角，在病床上舉起風帆想像的航海時，一艘在時空當中航行的「格拉瑪號」船突然出現，最後大夥決定搭上「格拉瑪號」到「隘勇線」上，讓阿含與巴拉赫舉辦一場婚禮。婚禮中，巴拉赫穿上巴勒斯坦的服裝，主婚人鳴槍朗讀開戰宣言。

　　這樣的一個劇情顯然不是線性邏輯的事件，但是也並非毫無邏輯可循的恣意連接。隔開原住民與客家人的「隘勇線」是不平等與界線的象徵；「格拉瑪號」是1958年古巴革命之舟。戰爭與婚禮的意象被相互交疊，夢境與戲劇被類比並排。幾條支線時而平行時而交疊，人物的身分也隨處轉換，但是，事實上我們可以發現，整個情境的連結是環繞在「被壓迫者」、「戰爭」、「記憶」、「疆界」等概念上，在語言的「隱喻」與「換喻」的作用之下，一個意象延伸出另一個意象。同時，這種語言的本質也彷彿是潛意識的文法，將現實世界的記號經過「併置」、「濃縮」的轉換，變成夢境的語言再次表象出來。這種橫向思考式的連接與意義的跳躍，鍾喬稱之為「想像力」。基本上，鍾喬認為「民眾戲劇」並不在於再現或反映這個世界，而是創造出不同於受到資本主義邏輯所制約的現實世界，創造另一種可能世界的想像。

　　鍾喬引用櫻井大造的說法，稱帳篷劇為「想像力的緊急避難所」。他說：「想像力為什麼需要緊急避難所呢？我想這和民眾如何在劇場中困頓地撐起自己的身體，並說出帶著想像世界的話語有關吧！因為困頓，才取得了鬥爭的通行證；也才需要在像似避難所的帳篷裡，釋放身體內部的想像力。」對於鍾喬而言，「想像力」等同於「做夢」與「革命」的力量，它既是藝術性的，更是社會性的；是詩，同時更是政治。他的劇場裡發揮夢想的能力，讓戲劇無限地接近於詩。他說：「運用詩的創造手法，在劇場中塑造一個超越現實的幻想時空，是帳篷戲劇的獨特表現風格。在帳篷這個隨時都與野地的環境搏鬥的空間裡，人的形影和靈魂，都不會像是處於劇場的硬體建築裡一般，有一種自然形成的確定與對應關係。」

「詩人」：徘徊於迷宮的自我放逐者

　　「記憶」在想像力的帳篷裡繁衍滋生，到最後，彷彿過度蔓生的熱帶雨林，終於變成了巨大的迷宮。在意義過剩的危機裡，「記憶」需要一個人物來為所有的意義做最後的歸結點。因而，在劇本裡頭，出現了「詩人」的角色來負擔起這樣的任務。在《記憶的月台》裡的「詩人」；《海上旅館》裡的「詩人」與「影子」；《霧中迷宮》裡的「站長」等，都是屬於這種「詩人」的角色典型。「受難者」是民眾的代表，但是「詩人」的角色卻不同於「受難者」。「受難者」是故事的當事者，而「詩人」卻是遊走於故事與故事之間的第三者。他時而預告、時而提示故事的來龍去脈，但是最重要的是「詠嘆」，代替「受難者」詠嘆他們的苦難，並且將所有的「記憶」化作感嘆的詩篇。

「夢幻能」的戲劇結構

　　首先是在一個「居所不定」的「荒涼死境」。一群「受難者」不知從何處突如其然地「來到了」這個場所，「敘述」了他們自身過往的故事，在敘述的過程當中，劇場時空彷彿夢境般地變化。很奇妙地，鍾喬的作品與產生於六百年前日本的「夢幻能」的戲劇結構類似。

　　「夢幻能」由世阿彌所創，「夢幻能」的形式通常是，有一個雲遊四方的「僧侶」來到了某個地點，這個地點通常是某個「廢墟」或者「遺跡」。僧侶感應到此地的不尋常，於是詢問剛好路過的當地住民。這個住民告訴僧侶說：「這個『遺跡』事實上是某個少女的埋身之處或者生前的居家，這個少女通常會有個哀怨的故事，最後少女因為思念離去的愛人而含怨死去，只留下『遺跡』

供人憑弔。」在聽完這個故事之後,僧侶看一看天色發現時候不
早,於是決定就在這個「廢墟」或者「遺跡」的地方歇息。在睡
夢當中,剛剛故事裡頭的少女從幽暗處現身,首先感嘆自己因為
不能捨棄人世間的情欲,因此死後不得渡化,成了流轉於塵世之
間的幽靈而遭受到非常的痛苦。接著幽靈開始對著僧侶敘述生前
的故事以及求愛不得的痛苦,隨著情節的敘述,幽靈的情緒也漸
漸高昂,最後在狂亂之中,幽靈化身為她日夜思念的情人,最後
消失於陰暗之中。

　　構成「夢幻能」的要素首先是「僧侶」以及「廢墟」的「遺
跡」,接著是受苦的靈魂「來到了」這個廢墟之地,「敘述」生前
的故事。接著是在敘述當中的「時空變化」,最後是幽靈的「消失」
(渡化成佛)。鍾喬的帳篷劇裡頭的「詩人」的作用等同於夢幻能
裡的「僧侶」,而戲劇發生的場所都是「廢墟」、「遺跡」等「死
境」,受難的人懷抱著無法忘卻的過去來到了這個地點。而戲劇性
的事件都老早已成過去,舞台上所進行的是「受難者」的敘述,
而角色人物的敘述行動除了是回憶過往的行為之外,更是一種
「表演」的行為,無論是夢幻能的幽靈或者是鍾喬的原住民少女,
他們都在敘述(表演)的過程當中,召喚過去而回到過去。

　　從夢幻能式的戲劇構造當中,我們可以窺見鍾喬帳篷劇的戲
劇本質。與世阿彌相同,對於鍾喬而言,戲劇是對於「苦難民眾」
的靈魂所做的一種「招魂儀式」。將自有人類以來受苦「民眾」的
靈魂召喚到帳篷裡來,賦予他們語言,給他們聲音與身體,讓他
們「現身」。讓原本看不到的靈魂「現身」,這是一個藝術的行
為,同時也是政治的行為。這種「招魂作用」恐怕也是鍾喬在他
的作品當中採用「夢幻劇式結構」的目的吧。

賞評——來自聶魯達與波瓦的明信片

于善祿

前言

　　做爲一個受到影響的創作人，鍾喬（1956-　）表現在外最明顯之處在於：拉美解放神學延伸的文藝創作觀，結合了聶魯達與波瓦的創作精神養分，同時以理性的態度對體制提出批判，並對弱勢族群施以人文關懷，以感性的筆調落實到詩的包容與昇華，從影響研究及跨文類研究的角度觀之，都是個有趣的研究個案。本文以鍾喬及其所創立之「差事劇團」所製作、上演過的作品爲研究的對象，藉由相關資料的判讀、影像資料的分析，觀察兩大源流（聶魯達・波瓦）對鍾喬創作觀的影響模式及其效應。

從聶魯達的詩到「聶魯達咖啡館」

　　「我是在寫詩之後許久，才知道我寫的東西叫詩。」這是台灣的創作人鍾喬經常引述的智利詩人聶魯達（Pablo Neruda, 1904-1973）[1]的一句話語（鍾喬，1999a：85），它原本是聶魯達這位1971年的諾貝爾文學獎得主，對於部分文學評論家的回應，因爲這些評論者認爲長年派駐（1927年之後）、流亡（1949-1952年之間）在外

----

[1] 聶魯達本名Neftali Ricardo Reyes Basoalto，1917年十三歲投稿當地報社，怕父親知道，以Pablo Neruda爲筆名發表，這個名字一直到1946年才取得法定地位，變成他的真名。

的聶魯達[2]，身上所顯現的鮮明的左翼政治立場（聶魯達和古巴強人卡斯楚、拉美革命戰士切·格瓦拉、智利總統阿言德等都有誠摯的私交，這些人的政治立場都是極左路線），使得他的作品充滿了對於政治現實的關注，而缺少了對於文學美學的觀照；然而聶魯達在回憶錄中寫道：「在我的詩中，我不可能關閉通往大街的那扇門，我同樣不可能把我這個青年詩人心中通往愛情、生活、喜悅和悲哀的那扇門關閉。」（鍾喬，1999a：90）由此看來，聶魯達並非只關注他所處環境的局勢變化與社會解放運動，他同時關心人類內心情感的喜怒哀樂；經歷過1930年代西班牙內戰的聶魯達（當時派駐在馬德里），認為詩應該以一般民眾為對象，記載勞工的血汗、人類的團結以及對愛恨的歌頌，這是他所謂「詩歌民眾化」、「詩歌當為平民作」、「詩的社會性」的觀念，他曾寫下：「世界變了，我的詩也變了。有一滴血滴在這些詩篇上，將永遠存在，不可磨滅，一如愛」的詩句，也曾寫下以下的悲嘆：

　　當第一顆子彈射中西班牙的六弦琴，流出來的不是音樂，而是血。人類苦難的街道湧出恨和血，我的詩歌像幽靈一樣頓然停步。從此，我的道路和每個人的道路會合了。忽然，我看到自己從孤獨的南方走向北方──老百姓，我要拿自己謙卑的詩當做他們的劍和手帕，去抹乾他們悲痛的汗水，讓他們得到爭取麵包的

---

[2] 根據陳黎、張芬齡在《聶魯達詩精選集》與《一百首愛的十四行詩》書末所附「聶魯達年表」，可以看出聶魯達一生的「域外航行」地圖：仰光、可倫坡、爪哇、新加坡、布宜諾斯艾瑞斯、巴塞隆納、墨西哥、巴拿馬、哥倫比亞、秘魯、莫斯科、波蘭、匈牙利、瓜地馬拉、布拉格、巴黎、羅馬、新德里、捷克、柏林、蒙古、北京、丹麥等。

武器。（陳黎、張芬齡，1998：xiii）

在鍾喬的眼裡，認爲聶魯達的詩創作能夠安頓政治，而不致於成爲服務政治的口號（鍾喬，1999a：84）。能夠藉由詩的創作，持續參與政治改革，並在販夫走卒之間，傳誦詩作[3]，結合了社會觀察與人文關懷，以詩、報導文學等表現形式，堅持對台灣政治、社會、經濟、文化環境提出反省與批判，並透過劇場參與

---

[3]像是聶魯達在二十歲所出版的詩集*Venite poemas de amor yuna cancion deseperada*（《二十首情詩與絕望的歌》），突破了現代主義和浪漫主義的窠臼，在拉丁美洲，幾乎就像流行歌曲或諺語般家喻戶曉地被傳誦著。聶魯達經常在貿易工會、政黨集會等場合中爲一般民眾朗誦他的詩，在其傳記中曾提到，有一回他前往一個工人聚集的場所朗誦詩歌，當工人聽到是聶魯達要上台時，不約而同地脫下戴在頭上的帽子，以表敬意（鍾喬，1999a：75）。另外還有在安東尼歐‧斯卡米達（Antonio Skarmeta）所寫的《聶魯達的信差》小說中，曾經描述到這個替聶魯達送信的郵差馬利歐，迷戀鎮上的海灣酒館女老闆的女兒碧翠絲，按照聶魯達所教導他的「比喻」筆調寫了情詩給碧翠絲，卻被碧翠絲的母親羅莎所發現，怒氣沖沖地要來找聶魯達理論，因爲她認爲馬利歐偷了聶魯達的詩。這裡很有趣的是，小說的作者用一種喜劇的手法來處理這段緊張的人物關係，羅莎雖然怒氣沖天地寫了一封抗議信給聶魯達，然而信中卻寫道：「親愛的帕布羅閣下，我的名字是羅莎‧岡薩雷茲，我是海灣酒館的新老闆，也是您詩作的欽慕者和一位基層黨員。雖然我本來就不會投票給你，大選時也不會投給阿言德，但我現在是以一種母親、一個智利同胞、一個黑島的鄰居身分，請求和你儘快見上一面，以討論某位馬利歐‧希梅內茲，誘拐未成年少女者，多謝您的關注，誠摯的，羅莎‧岡薩雷茲。」（安東尼歐‧斯卡米達，1999：84）

聶魯達的確數落了這位天天爲他送信的郵差幾句：「少來了，我的朋友，送你幾本我寫的書是一回事，同意你剽竊卻是另一回事。此外，你還把我寫給瑪提達（筆者按：Matilde Urrutia，1955年聶魯達娶其爲第三任妻子）的詩送給她了。」馬利歐義正辭嚴地回答：「詩屬於用它們的人，不是寫它們的人！」（安東尼歐‧斯卡米達，1999：99）由以上幾個例子來看，工人、酒館女老闆、郵差不單單只是聶魯達詩作的欽敬者，而且還是運用者。

與互動的方式，讓更多民眾不僅坐觀而思，進而起身而行，這是鍾喬創作多年來所抱持的堅定理想。

當鍾喬還在台中一中念高二的那一年，不顧家人的反對，向學校申請由理組轉為文組，「開始胡亂地吞食起課外讀物，似懂非懂地翻閱了一本又一本的翻譯書籍」，這個時期他所閱讀的書籍包括存在主義文學作品或理論、五四新文學作品等，甚至於「在課堂上拼湊晦澀的詩句，下課後到唱片行買西洋流行歌曲的唱片」（鍾喬，1999a：21），在台灣的升學主義教育機制下，他「莫名地帶有某種叛逆、蒼白的氣味的青年同類，總覺得自己的身體裡，淌流著一股灰暗、憤懣的血液」（鍾喬，1987：19）；雖然在大學聯考放榜之後考上台中中興大學外文系，他的所有課外書籍卻被他的母親通通一把火燒掉了，然而在那一段青澀的高中文藝青年時期，透過大量的閱讀與嘗試性的、強說愁式的創作，「文學見證人生活的事實」。這樣的思苗已經在他的心底慢慢地、悄悄地滋長。

有兩個契機使得鍾喬在大學及研究所的求學階段與畢業之後，讓他愈發篤定文學藝術必須發揮社會功能。首先是在1981年他大學畢業、考上中國文化大學藝術研究所的那段期間，台灣社會發生了幾次衝擊性極大的政治事件，主要是1979年12月10日在高雄所發生的美麗島事件及其接下來的一連串逮捕與審訊，大量的報導與討論出現在街頭的報章雜誌，對於當時的鍾喬而言：

> 個人長久、窒悶的內心凝視，是一種自我世界的浮沉，在碰觸到較大社會層面問題的衝擊時，難免蔚為個體信念上的危機。誠然，就作為一個喜愛文學的青年而言，這些浮泛、多量的政治討論，並未曾給予自己多麼深的啟發，甚而，在一段時間的理解之

後，便自明地走了出來。但這是一個反省的開始。從此，文學的社會功能，成為鞭策我由浪漫、玄想的彼岸世界，回到具體、現實的此岸世界，相當重要的信念……。（鍾喬，1987：23-4；朱雙一，2002：106）

　　其次，在抱持著這個重要信念之際，鍾喬在當時陳映真所主持的《人間》雜誌社裡頭謀得了一份採訪編輯工作，常有機會走訪台灣各地，接觸社會上各個階層的民眾，他開始以他散文式的筆調，在《人間》雜誌寫出了一篇篇發人省思的報導文字，並且「從這些人身上，這一張張樸易、結實的臉龐中，」鍾喬他在自己的詩集〈自序〉中寫道，「總算是比較明白生活是怎麼一回事！人又是如何經由勞動、奮勉、窺見了明天的希望。感知著心酸、挫敗的背後，其實正點燃著一盞迷惘中的明燈。這盞燈正是趨迫生命莊嚴起來、挺直起來的無形力量啊！」（鍾喬，1987：25）

　　這兩個「創作必須關懷社會」的契機（社會動盪、編採工作），幾乎定下了鍾喬二十多年來創作內涵的基調：採集於社會底層與邊緣的生命故事，經過散文式的報導文學筆調與身體表演文本的言說，所冶煉出來的一篇篇文字作品與一齣齣戲劇作品，都是身為知識分子的鍾喬，對於台灣這塊土地某種真切的、理性的批判與反思，「舉凡環境保護、民眾生活、社會運動以及原住民、都市邊緣人……都是他關注的對象。其特點，一是他並不拘限於就事論事，而是常將對象放置於大的時代、社會背景中加以考察，從而得到較為深刻的結論……其二，鍾喬努力貫徹以『人』為中心的理念。」（朱雙一，2002：107）

　　從詩的創作到劇場的參與與互動歷程當中，鍾喬透過友人的

資助，在台北市的和平東路二段、大安森林公園南面的一條小巷子裡開設了一家咖啡館，店名就叫做「聶魯達」[4]。這是一個很有趣的空間，一樓作為鍾喬與劇場友人所成立的差事劇團的辦公室，有行政人員的辦公區、有居家型（事實上是為了三不五時的熬夜加班與排練）的衛浴設備、有開放寬敞的活動空間（放有影音設備、書報雜誌，以及參考用書等）；穿過一個螺旋狀的鐵製階梯，可以通到地下一樓的小劇場，同時也是劇團的排練場，雖然不是很大，但格局方正，還算是劇場人所喜用的「黑盒子」型的劇場空間，一邊有落地的玻璃窗（遇演出時通常得遮以黑幕）面向外面的小淺庭院，一邊設有燈控、音控小間；為維持地板整潔，觀眾進場看戲，脫鞋後方得入內。

　　設於地下一樓的聶魯達咖啡館，有另一邊的樓梯讓看戲的觀眾進入（與一樓劇團辦公室的螺旋狀鐵製階梯不一樣）；在這樣

---

[4] 鍾喬曾經在2002年8月26日的《自由時報》副刊上頭，寫了一篇〈感謝聶魯達的收容〉，提到他開設聶魯達咖啡館的緣由：「從來就沒有設想過會在都市僻靜的角落開了一家以聶魯達作店名的咖啡館；也從未曾料到經過了兩年的慘澹經營之後，竟又讓其悄悄的收場了！事情開始於某種浪漫的想像，或由於熱讀了詩人在《漫歌集》（或稱作《一般之歌》）中寫下的那些動人的篇章；或因為在藝術電影院暗幽幽的座椅上被描述詩人生平的影片《郵差》感動得詩魂迴盪；又或者注定在遠離現實的島嶼詩壇投下一顆詩的深水炸彈。」
根據筆者多次前往該場地看戲的經驗，設在地下一樓的咖啡館經營時間不只有兩年，至少筆者於1998年在該場地欣賞由香港民眾劇場工作者莫昭如所策辦的「一人一故事」《澳門故事》的時候，該咖啡館就已經存在了；現在咖啡館雖然已經停止營業，地下一樓的小劇場仍然作為差事劇團排練的主要場地，偶爾也租借給部分藝文團體作為展演場地，或是鍾喬在〈感謝聶魯達的收容〉一文的最後所說的第三種功能：「如果引用我在新寫的劇本裡的一句話說：『劇場就是收容所。』那麼，咖啡廳，特別是歇業後的聶魯達咖啡廳，的確是收容詩人的最好場所了！」至於位於一樓的劇團辦公室，則一直是蟲立在那裡的。

複合式的另類替代空間裡，鍾喬特地保留的一個角落，設立書
架，擺售許多台灣作家的詩集，聶魯達的所有中譯詩集著作當然
也在其中，在精神上成為該空間的一個明顯印記[5]。對鍾喬而言，
閱讀聶魯達早已成了生活中不可或缺的修行或功課，其所獲取的
養分幾乎擴散到創作作品的各方面；如果1970年代所關心與投注
心力的是大量文學作品的閱讀與詩創作的初步嘗試，1980年代則
以春風詩社、反杜邦運動、《人間》雜誌的參與作為詩創作及報
導文學書寫對於社會脈動的反映，那麼1990年代以降，重回劇場
的懷抱[6]，並以波瓦的「被壓迫者劇場」詩學進行民眾戲劇與社區
劇場的台灣化工程，則是將戲劇功能從美學的藝術層面擴大到社
會的應用層面。

　　在思索詩與劇場的連結關係時，鍾喬是這麼思考著的：

> 因為誦詩已經不是我們這個世代生活中流行的事業。那麼，或許
> 是演詩吧！在小小的劇場裡去實現一個平民詩人的夢與現實！對
> 於詩人聶魯達而言，夢是革命與愛情，現實則是流亡以及記憶。
> 當劇場中的身體元素與詩的語言相逢時，夢與現實卻不可抗拒地
> 揉合在一起了！因為，幾乎就在夢的境域浮現時，現實已經走進
> 夢的情境中。然而，夢與現實和我們生活的島嶼逐漸拉開了差

---

[5] 關於咖啡館的布置，鍾喬曾經有如下的感慨：「為了布置咖啡館，我和同事們
在電腦、圖書館、學術機構和學者、詩人之間探詢察訪，有一件事實幾乎是肯
定的，那也就是：我們活在一個充斥英美、歐陸文學的國度中；拉丁美洲是一
塊在文化中被遺忘的版圖。」（鍾喬，1999a：81）

[6] 鍾喬，本名鍾政瑩，曾於1983年取得中國文化大學藝術研究所碩士學位，論文
題目為：「由日據下台灣新文學的發展看張深切的戲劇活動」；也曾擔任過優
劇場團長。

距。那麼，舞台上的詩呢？（鍾喬，1999a：82）

　　鍾喬並未承襲東、西方詩劇的美學傳統，反而從聶魯達的政治詩／情詩的創作中，找到詩的語言與劇場身體的連通之門，從而拉近夢想與現實的距離。在這裡，我們看到了鍾喬和聶魯達之間的神契靈合，尤其是鍾喬近幾年的創作都不脫所謂的「舞台上的詩」，他用自己創作的詩，結合音樂，統合了身體表演時對於離亂的悲嘆，對於戰爭與核爆的厭惡及恐懼，對於族群身分認同的追索，以及對於社會底層生命樣貌的關懷，一切都在「舞台上的詩」裡被統合了，因為他深深感觸，在這個變易迅捷的日子裡，「我們唯一還緊緊握在手掌心的靈魂就剩下詩行中的語境了」。（鍾喬，2002b）

從波瓦的「被壓迫者劇場」詩學到差事劇團的應用劇場觀

　　就像在思索詩與現實的連結一樣，鍾喬找到了聶魯達作為他航行創作海洋[7]時的心靈導師；那麼，在劇場與現實之間的辯證對

----

[7]鍾喬經常在他所寫的詩文當中，提到「島嶼」、「航行」、「海洋」等意象，這點和某一階段的聶魯達極為類似。聶魯達一度把自己比喻成在時間水流中行船的船夫，而在晚年不時瞥見自己在死亡的海洋中航行，因此把1967年出版的一本選集命名為 *La barcarola*（《船歌》），追述一生的際遇，他的漂泊、政治生涯諸般愉快之事（陳黎、張芬齡，1998：xvii）。另外，朱雙一在比對了鍾喬的詩集《在血泊中航行》與聶魯達的詩作之後，指出鍾喬「喜歡採用諸如炎陽、風暴、湖泊、回流等大自然的意象，這一點上甚至帶有聶魯達之風」。（朱雙一，2002：106）

話呢？從1980年代台灣社會運動中走過來的鍾喬，強烈地感受到「社運組織中存在的單向指揮系統。『對話』的消失是習以爲常的事情。而『對話』的機制確實在民眾戲劇的工作坊中發生了。」（鍾喬，2002a：323）鍾喬一直鄙棄台灣文藝界在對應現實時，所表現的「蒼白」態度；在嘗試回答著這個問題的同時，他也不斷地從自己的生命記憶中找尋自我與社會胎動的對話經驗，很自然而然地在1980年代的社運風潮中找到了許許多多光影錯落的場景，反杜邦運動的、搶救湯英伸的……，他發現自己處於一種「暈眩」狀態，腦中閃過「鏡子」和「包袱」兩組意象，並且必須透過角色和情節的安排，讓他們在記憶中對話，如此才有辦法追索所謂的集體記憶，而且是「要歸返到劇場美學創造的原點上」的，因爲「劇場裡的身體美學替代了桌案上的文字……唯有讓失憶也成爲表演行動的另一個主體時，創造性的對話才會展開。亦即，當我們相信未完成是劇場的目的時，劇場便開始了和歷史、社會、觀眾的對話關係。」（鍾喬，1999a：72）

　　鍾喬這裡所謂的「鏡子」和「包袱」兩組意象，其實都和台灣人民的歷史記憶有關，鏡子是反映歷史的，包袱卻是承載歷史的，兩種意象對作者來說，其實都是極爲沉重的，這也是他的作品中經常有悲天憫人的基調的主要因素，這樣沉重的歷史使命感，無怪乎他會想起法蘭克福學派哲人馬庫色的話：「關於政治藝術的問題，是美學如何安頓政治的問題。」唯有將這股不安感與暈眩感安頓好了，他才會安然釋懷。偏偏這世間事，總不是如人所意的。這也難怪，鍾喬在整個1990年代投入劇場運動之後，經過

了民眾劇場（People's Theatre）[8]、被壓迫者劇場、社區劇場等幾個階段，愈來愈體認到劇場的社會應用效能，逐漸在地震傷痛治療、社區大學家庭暴力問題論壇劇場、反映都市邊陲角落弱勢族群的聲音等面向，持續他的劇場創作，以及對於文化、社會的關懷。在這層層的劇場美學與社會現實之間的辯證對話中，他找到了奧古斯都·波瓦的「被壓迫者劇場」（theatre of the oppressed）詩學，來進行理論與實踐的應用。

　　波瓦（Augusto Boal, 1931-　）為巴西劇作家、導演與戲劇理論家。1957年開始大眾文學的寫作，後來與友人成立「阿利那劇場」（Afena Theatre），積極以劇場形式參與革命運動，因此受到巴西政府的監控與牢獄之災，並被迫流亡至秘魯、阿根廷等國；1974年發表了《被壓迫者劇場》[9]一書，他在書中序言宣稱：「所有劇場都必然是政治性的，因為人類一切活動都是政治性的，而劇場是其中之一。」（all theater is necessarily political, because all the activities of man are political and theater is one of them.）目前，波瓦除了在巴黎、紐約、多倫多等地主持「被壓迫者實驗室」，更是巴西

....

[8]「民眾劇場」是一種從現實出發，融合在地的歷史與生活經驗，以戲劇形式、劇場的互動，達成教育、溝通和共同成長的目的，參與的成員，大都是未受過劇場訓練的社會大眾。從1990年起，鍾喬就陸續與亞洲各國民眾戲劇團體合作，舉辦過多次的聯合演出或戲劇交流工作坊，並在1996年正式成立「差事劇團」，運用一系列劇場遊戲、肢體訓練與集體即興創作的技巧，持續在社區、學校和弱勢團體間，開展教育性的戲劇工作坊，進而發展庶民的身體表演文化。

[9]這本劇場理論經典，最早由波瓦以西班牙文寫成於1974年，書名是*Teatro de Oprimido*；後來在1979年，由Charles A.和Maria-Odilia Leal McBride以英文合譯，並由Urizen Books出版。目前筆者手上的是1985年由紐約的TCG（Theatre Communications Group）所出版的英文版*Theatre of the Oppressed*（四刷，1995年6月），並參照2000年10月由台北的揚智文化出版，由賴淑雅中譯的《被壓迫者劇場》一書。

里約熱內盧的市議員，鼓吹「立法劇場」（legislative theatre），透過戲劇行動改變立法過程。

　　《被壓迫者劇場》是一部民眾戲劇經典，以戲劇美學論述觀眾在劇場中的位置，倡議戲劇活動是每一個人（尤其是被壓迫的人）都可以掌握的表達工具，撻伐了千百年來的主流戲劇理念——亞里斯多德的《詩學》模擬動作觀——認為由此產生的戲劇是服務於當時上流貴族的一套壓制系統[10]，因此，必須提供不同方式的解放途徑[11]，如「論壇劇場」[12]（forum theatre）、

---

[10]對此，波瓦在其 Theatre of the Oppressed 一書的第四章，開宗明義寫道：「『劇場』原指人們自由自在於戶外高歌歡唱；劇場表演是人民大眾為了自己之所需而創造出來的活動，因此可稱之為酒神歌舞祭，它是人人都可自由參與的慶典。爾後，貴族政策來臨、人為界分也跟著誕生；於是，只有某些特定人士才可以上舞台表演，其餘的則只能被動地坐在台下，靜靜接受台上的演出——這些人就是觀賞者、群眾、普羅人民。」（Boal, 1974: 119）

[11]波瓦的「解放」劇場觀，深深地受到巴西教育哲學家 Paulo Freire 的影響，Paulo Freire 在其1970年所寫的 Pedagogy of the Oppressed（《被壓迫教育學》）一書中，強調「解放」在學習中的重要，而「解放」須從「對話」中產生，因為，「對話」撐開了「受教者」想像的翅膀，讓「受教育」不再是「受教育」，而是打破文化沉默的表達者。波瓦將這個概念延伸為，就好比劇場中的觀眾不再只是被動的訊息接受者，卻以自身的想像力創造出參與表演空間的可能性。（鍾喬，2002a：323）

[12]根據波瓦所述，論壇劇場的參與者（participant）必須很果決地介入（intervene）戲劇行動裡：「由參與者講述一則難以解決的政治或社會問題的故事，然後，用大約十到十五分鐘的時間即興創作或排練，討論這個問題以及可能的解決辦法，接著把它表演出來。當此程序完成之後，參與者將被詢問是否同意該解決方式，此時至少會有某些人不同意，然後，參與者被告知這段劇情即將重新再演一遍，完全跟第一次的演出一模一樣，但是，現在身為觀眾的任何一位參與者都有權利上台去取代任何一位演員，並將劇情發展引導到他認為最適當的方向上，被取代的演員則站在一旁，當該參與者覺得他的介入演出已經結束時，這位演員得隨時準備回到舞台繼續演出，台上其他演員則必須面對新創造出來的狀況，對各種可能的發展做立即反應。」（Boal, 1974: 139）

「隱形劇場」[13]（invisible theatre）、「形象劇場」[14]（image
theatre）　等戲劇實踐方法，讓民眾成為劇場的主角，成為改變歷
史與現狀的人，而不是等待改變或純欣賞的人。這些理論和方
法，自提出以來，已廣為世界各地的劇場工作者、教育工作者、

....

[13]根據波瓦所述，隱形劇場通常選擇在一個眾人聚集的地方，並且必須預先詳細
規劃過每一種可能發生的狀況：「演出的場域可以是餐廳、人行道、市場、火
車車廂、排隊人群等，目睹演出的則是碰巧出現在那些場域裡的人。演出進行
時，這些民眾絕對不能產生絲毫『演出』（spectacle）的感覺或念頭，否則他們
就會變成『觀賞者』（spectators）了。」（Boal, 1974: 144）
[14]根據波瓦所述，形象劇場以更直接參與的方式，實踐改變（change）、轉變
（transformation）、改革（revolution），或人們想使用的任何名詞或議題：「參
與者被要求把他的意見表達出來，但不是用嘴巴講，而是透過其他參與者的身
體，將他們『捏塑』成一組雕像，透過這種方式使他的意見和感覺具體可見。
參與者的工作是使用他人的身體，把自己當作一位雕塑家，而其他人則是黏
土：他必須決定每一個身體的各種姿勢，甚至細微的臉部表情等。任何情況
下他都不得說話，頂多只被允許用自己的臉部表情作示範，告訴被雕塑者如何
做。形象雕塑完成之後，他會加入其他參與者的討論，以確定是不是所有人都
同意他所『雕塑』出來的意見。接著，可以練習修正雕像：觀賞者有權利依他
們自己的想法全盤修正此形象，或只修正部分細節，當最後出現一個大家都接
受的雕像時，雕塑家會被問及他想為那幅雕塑作品設定什麼主題；換言之，第
一次的雕塑呈現的是『現實形象』（actual image），第二次則是『理想形象』
（ideal image），最後他會被要求作一個『轉化形象』（transitional image），藉此
表現從第一個現實轉換到另一個現實之間的可能性。」（Boal, 1974: 135）

社會工作者、社區組織者、青年工作者等所採用[15]或質疑[16]。

　　波瓦的被壓迫者劇場理論可以說是上承布萊希特的「史詩劇場」（epic theatre）和「疏離效果」（alienation effect），而布萊希特與波瓦的這些戲劇觀又恰恰是對於亞里斯多德的模擬動作觀與壓制系統[17]的反動：布萊希特主張，「身爲一位大眾藝術家，必須

......

[15]比如像成立於1967年的菲律賓教育劇場協會（Philippine Educational Theatre Association，簡稱P. E. T. A. ），這個被喻爲「當今世界上最具影響力的民眾戲劇劇場」，成員都是藝術工作者、教師、組織者及研究員。經常舉辦工作坊，透過戲劇、寫作、視覺藝術、音樂與聲音、形體、舞蹈及「小組動力」，令參加者將潛藏於自己的創造力量釋放出來，藉藝術的創作解放自己，學會如何放開懷抱、探索、覺醒、選擇、掌握和應用令個人成長的潛能，協助解決自己面對的問題。該協會也曾在1986年反馬可仕政權運動中，鼓勵群眾堅持下去。（《樂施》季刊，2001年冬季）

[16]以台灣而言，曾經在1998年4月組創「烏鶖社區教育劇場劇團」的成員之一賴淑雅，同時也是波瓦*Theatre of the Oppressed*一書中文版的譯者，在負笈英國學習更多關於被壓迫者劇場與教習劇場的操作理論與技法，返台之後，於2001年的「2001新視野——戲劇、劇場與教育歐亞連線國際研討會」上，發表了一篇題爲〈小心「論壇劇場」——初探波瓦「論壇劇場」的進步與反動〉的論文，對於論壇劇場「馴化」（domesticate）觀眾的危機提出三點質疑與反思：一、「論壇劇場」的「參與」，是否淪爲一種單純挖掘、蒐集各種不同答案的過程而已？二、「論壇劇場」是否強調個人的主動參與，勝過於對群體（階級）被壓迫事實的分析？三、透過機制設計中個人化或原子化的傾向，「論壇劇場」是否適得其反地抑制了將問題予以公共化、歷史化的可能性，讓參與者只是學到如何透過各種解題技巧，繼續在不合理的問題現實中求得安身立命，而無助於群體公共意識的覺醒（conscientisation）？（賴淑雅，2001）

[17]根據波瓦的*Theatre of the Oppressed*一書的論證，亞里斯多德的*Poetics*（《詩學》）是透過下面四個階段來完成對觀眾審美的壓制系統的：一、悲劇性弱點的激發：悲劇英雄在觀眾的移情陪伴下，沿著通往幸福的道路向上攀爬，接著出現了一個大逆轉；同樣在觀眾的陪伴下，他開始由幸福的巔峰轉向不幸的災難；英雄開始敗退了。二、角色人物承認自己的錯誤：透過「合理化——推論」的移情關係，觀眾也因此承認自己的錯誤、自己的悲劇性弱點以及違背憲法的缺點。三、大災難：悲劇主角在自己生命的結束或所愛的人死去等殘暴形式中，嘗到了自己錯誤的行爲所帶來的痛苦後果。四、淨化：觀眾被如此恐怖的大災難景象所驚嚇，而他的悲劇性弱點也因此被洗滌了。（Boal, 1974: 37）

放棄大都會的廟堂舞台，走進鄰里社區，因為只有在那裡他才會發現真正有興趣改變社會的人們；在鄰里社區裡，藝術家應該把他看到的種種社會景象，呈現在那些有興趣改變既有社會生活的勞工面前，因為他們是它的受害者」（Brecht, 1964: 274-5）；波瓦希望將觀眾從被動化作主動，「在劇場中創造彩虹般的想像空間，表演時空的『對話』機制才得以跨越舞台所築想的一道隱形之牆。」（鍾喬，2002a：323）所以當波瓦在論述其戲劇觀時，演繹布萊希特的史詩劇場，將Spectator（觀眾）與Actor（演員）連合一氣，創造了Spect-actor（觀演者）這樣深具啟發意義的辭彙，讓劇場中一向被動的觀眾除了靜態思考外，更能擁有行動的能力。

　　鍾喬與劇場友人自1990年代初期成立了「台灣民眾劇場」及「差事劇團」，十多年來製作與參與演出過的作品不下二十齣，其作品大致可以勾勒出如下的幾條脈絡：

　　第一，弱勢族群的聲音，透過劇場與身體的再現／呈現：如《受苦的人沒有名字》（1992）、《士兵的故事》（1996）、《逆旅》（1997）、《滾動原鄉：串連吧！喠等介命水》（1999）等，其主題的關懷與創作的理路仍屬片面、單薄，不過這些對於弱勢族群聲音的傳達，多多少少為往後的創作累積了經驗。

　　第二，「亞洲的吶喊」系列三部曲與社區劇場：屬跨國性質的演出，由植基於菲律賓的「亞洲民眾文化協會」（Asian Council for People's Culture，簡稱A. C. P. C. ）所主導，演出跨語言／文化／性別／國籍／種族，呈現出亞洲在上個世紀末所共同面臨的文化危機與政經處境，「揭示亞洲乃至世界上第三世界國家在西方主導的資本主義體系中所處的邊緣位置和被支配的處境，以期喚起人民的意識覺醒」（朱雙一，2002：109-10）。這個跨國合作的經驗，拓展了鍾喬的視野，鍾喬在自述初次接觸民眾劇場時提到：

1990年，菲律賓的「亞洲民眾文化協會」在南韓舉辦民眾劇場工作者訓練營（Trainers' Training），開啟了個人投身民眾劇場運動的門戶。當時，基於對第三世界思維的熱衷，深刻地感受到菲律賓、南韓的民眾戲劇經驗實踐了文化與社會改造接軌的理想。於是，將菲律賓教育劇場研習長達三十年之久的「基本綜合劇場藝術工作坊」（Basic Integrates Theatre Arts Workshop，簡稱B. I. T. A. W.）介紹到台灣。（鍾喬，2002a：322-3）

這段自述亦很清楚地說明了鍾喬如何將文學藝術與社會改造連結起來，自此之後，他便更積極地在琳瑯滿目的劇場形式與工具裡頭，探索可以攻錯的他山之石，除了落實波瓦的「被壓迫者劇場」詩學與「劇場遊戲」[18]，並運用「一人一故事」（playback）[19]、

....

[18]波瓦在1992年所寫的*Games for Actors and Non-Actors*（《給演員與非演員的遊戲》）一書，是將「被壓迫者劇場」理論落實化的實用操作工具書，書裡頭針對*Theatre of the Oppressed*所提到「論壇劇場」、「隱形劇場」、「形象劇場」等概念，設計了數百種劇場遊戲，以提供演員與非演員在操作「被壓迫者劇場」時的參考。筆者曾向鍾喬借來*Games for Actors and Non-Actors*翻閱，發現書中畫滿了註記，可以想見鍾喬對波瓦的這套方法落實的用心。

[19]「一人一故事劇場」（Playback Theatre）是一種即興劇場，開拓一個互動真摯的空間，讓觀眾說出他們親身的感受經歷，並目睹自己的故事重新呈現。透過這個心領神會、近乎儀式性的藝術體現，以締造一個在社群內或劇場內的共同經驗，見證生命歷史的尊重與敬意油然而生。差事劇團曾經在1998年邀請澳門劇場工作者李械基來台主持「一人一故事」戲劇工作坊，並與香港「亞洲民眾戲劇節」莫昭如共同籌劃《澳門故事》的演出，內容探討澳門過去四百多年的歷史，和當代葡萄牙人、中國人與土生澳門人有關的故事與經歷，在1999年澳門回歸的前夕演出，別具意義；差事劇團也在2002年暑假期間，特別邀請香港「一人一故事劇場」團體Living Stories來台進行示範演出，筆者和友人亦前往觀賞，只見演員將觀眾的真實故事展現出來，透過簡單的說、演、唱，以及簡單的道具，默契加上即興，卻也使得每個真實生命故事所轉化而成的戲劇藝術小品，博得在場觀眾的歡笑與淚光。

「教習劇場」（theatre in education, TIE）等技巧，從中理出一條戲
劇實際應用的路線：「社區劇場」，最典型的範例就是在1999年的
九二一大地震之後，差事劇團來到台中縣的石岡鄉，開辦「石岡
婦女戲劇工作坊」課程，希望以戲劇切入災區心理輔導與成人教
育，結果促成了「石岡媽媽劇團」的成立[20]；其餘由差事劇團所串
連起來的台灣民眾戲劇網絡，包括：客家劇團、大直社區媽媽劇
團、蘆荻社區大學劇團，以及綠點子繪本編劇班等。

　　第三，「記憶的月台」系列：這是近三年才發展出來的系
列，包括：《記憶的月台：狂人日記喫人篇序章》（1999）、《霧
之月台》（2000）、《海上旅館》（2001）、《霧中迷宮》（2002）
等，鍾喬在這個系列的創作裡頭，表現地頗為成熟，他在一篇題
為〈流亡的告白〉的文章裡提到「在族群認同獲致政治上正確，卻

----

[20] 差事劇團與「跨界文教基金會」在地震發生初期，即開始計畫性的組織人力進
　　駐石岡──一個以種水果為主的客家小鎮。從初期的調查研究進而協助社區作
　　全盤性的重建規劃事宜，在實際工作中，建立了與社區良好而緊密的關係。也
　　因此，當戲劇工作坊這類文化工作開展時，能夠透過有效率的組織，不但協助
　　安排課程的進行，更提供工作坊操作者許多社區的訊息，是參與者與劇團之間
　　的橋樑。（鍾喬，2002a：327）「石岡媽媽劇團」是台灣第一個由災區婦女所
　　組成的劇團，現任團長為楊珍珍，團員裡有果農、家庭主婦、賣早點的、拉保
　　險的……，一群年紀介於四十到六十歲之間的農家婦女，她們用自己的語言
　　（女性的生命情調、客家話），在舞台上訴說自己的生命故事，例如，九二一當
　　天，驚慌失措摸不著門逃出天搖地動家屋的故事；遠嫁石岡成為客家媳婦艱苦
　　從事農務的故事；為了因應WTO籌組農產運銷合作社的故事；重建夥房（客家
　　三合院式傳統建築）的故事，藉由戲劇治療了自身的傷痛，並成為公共參與的
　　方式（王錦華，2002）。2002年九二一地震三週年的前夕，該劇團在台中縣立
　　文化中心推出新戲《心中的河流》，由鍾喬編劇，李月蘭導演，Ronald Edward
　　Smith擔任舞台設計，「側重以詩化的身體語言呈現從災難中走出陰影的生命歷
　　程」，演出反應不錯，該戲於2003年暑假期間，於南投、台北再度演出，誌記
　　九二一地震四週年。

隱藏種種精神性風暴的島內，一群演員在一個稱作記憶的月台上追尋埋葬於現實中的想像，一個原住民在都市邊緣浪跡，戰爭的陰影仍然在他心口徘徊，他和其他上台的演員一般，以一種隱喻的，詩一般的身體訴說流亡在家鄉的困頓」，流亡、漂蕩、離散是這個系列作品的主題，不管是對於和平的渴望、核爆的恐怖意象、劇場表現的形式操弄、政治的批判、歷史的身體書寫等等，都揮灑自如，尤其遵聶魯達為其創作內蘊的精神導師，更將滿滿的詩意撒布、滲透到其編導的作品當中；鍾喬一直是以詩的詠嘆、劇場的實踐、社會與歷史的關懷，達成藝術與心靈的坦釋與救贖。

在劇場形式的追尋上，鍾喬還在1999年引進了日本野戰之月劇團的「帳篷劇」（tent theatre），這個劇團在日本東京數以千計的小劇場當中，是個很特殊的團體，尤其是其所注重的庶民美學，更是強烈地批判了日本在二次大戰之後從社會凋敝一路走到經濟高度發展、過度消費、媒體模塑的價值取向，野戰之月劇團在導演櫻井大造（他同時也是劇作家、演員、舞台設計、劇評家）領導之下，開創了在帳篷裡演戲的形式，企圖喚醒民眾死去或被物化的集體記憶，或以「賤民文化」相對於「皇民文化」，帳篷幾近於露宿，散發著游民棲息的卑賤與叛逆。經過1999年秋天在台北縣二重疏洪道，差事劇團邀請野戰之月演出《出核害記》，以及2000年夏天在台北市的華山藝文特區兩團所合作的《霧之月台》之後，差事劇團已經將這個劇場形式及搭建的技術轉移過來，並成功地在2002年夏天的華山藝文特區演出《霧中迷宮》。鍾喬認為這個形式除了打破既有的劇院硬體空間之外，「野地中衍生出來的民眾生命是『流動』或『滾動』，而非『靜止』或『固定』。這是民眾戲劇和環境／民眾生活交融的重要瞬間。這瞬間裡，匯聚了搭建者、

煮食者、幕後工作者、演員和編導、義工、行政工作者共同的汗水。」
（鍾喬，2002a：324）

　　不論是野戰之月所關懷的日本國家體制中的底層人物（像是
被排擠出管理體制的流浪漢、因偷渡被集中至工廠底層的大陸奴
工、背負軍國主義辱印的慰安婦等等），或是差事劇團「記憶的月
台」系列所描繪的台灣社會的邊緣人物，都呈現出某種融合想像
與現實的民眾戲劇美學，擴而言之，更是在「面對日益擴張的全球
化趨勢，區域間具民眾意識的劇場，連帶成為對抗單一化、主流化、
商品化表演藝術的另類傾向。」（鍾喬，1999：188）

　　台灣現代劇場的風景在解嚴之後簡直是繽紛多樣、五花八
門，然而絕大多數都還是以創作展演為主的，倘若我們遺漏了
「差事劇團」所牽涉的諸多理論系譜與創作模組，便很可能忽略了
車窗外左翼一邊的風景。我們即將下車，暫以鍾喬的一段話做為
下次相約的起點：

> 民眾不是一個需要回到知識分子（包括有進步傾向的劇場藝術家）
> 改造思維的個體或共同體：民眾只是在碰觸到劇場工作坊的過程
> 中，漸漸從被任何形式宰制的狀態下，找回她／他們表達的途
> 徑；從來不是「宿命」地回到知識分子或劇場人所構築的理念世
> 界……民眾有能力和權力去找到自身的再生或死滅。（鍾喬，
> 2003：序7）

所以他說：

觀眾，請站起來……[21]

----

[21]借用鍾喬等編著新書之書名。

參考書目

一、中文部分

于善祿（2000）。〈愛詩的劇場人——鍾喬〉。《中央日報》。4月13日（23版）。

于善祿（2001）。〈打開應用戲劇的新視野——戲劇、劇場與教育歐亞連線國際研討會〉。《表演藝術》。10月號。頁92-94。

王錦華（2002）。〈裂縫中的天光〉。《美麗佳人》。10月號。

安東尼歐‧斯卡米達（1999）。《聶魯達的信差》。台北：皇冠。

朱雙一（2002）。《戰後台灣新世代文學論》。台北：揚智。

張雙利、陳祥勤（2000）。《解放神學》。台北：揚智。

莫昭如、林寶元編著（1994）。《民眾劇場與草根民主》。台北：唐山。

莫昭如、譚碧琪、尹志康編（1999）。《民眾戲劇劇本集》。香港：亞洲民眾戲劇節協會。

舒詩偉譯著（1998）。《拉美地誌，魔幻行腳：解放軍‧古柯鹼‧社區總體營造》。中和：石皮客月刊社／苦勞工作站。

蔡奇璋、許瑞芳編著（2001）。《在那湧動的潮音中：教習劇場TIE》。台北：揚智。

賴淑雅（2001）。〈小心「論壇劇場」——初探波瓦「論壇劇場」的進步與反動〉。「2001新視野——戲劇、劇場與教育歐亞連線國際研討會」論文（未出版）。7月23日至27日。

鍾政瑩（鍾喬）（1983）。〈由日據下台灣新文學的發展看張深切的戲劇活動〉。台北：中國文化大學藝術研究所碩士學位論文。

鍾喬（1987）。《在血泊中航行》。台北：人間。

鍾喬（1992）。《都市邊緣》。台北：張老師。

鍾喬（1994）。《亞洲的吶喊》。台北：書林。

鍾喬（1995a）。《戲中壁》。台北：遠流。

鍾喬（1995b）。《邊緣檔案》。台北：揚智。

鍾喬編（1996）。《青春關不住：年輕‧台北》。台北：台原。

鍾喬（1998）。《阿罩霧將軍》。台北：晨星。

鍾喬（1999a）。《身體的鄉愁》。台北：晨星。

鍾喬（1999b）。《滾動原鄉》。台北：書林。

鍾喬（2000）。《雨中的法西斯刑場》。台北：聯合文學。

鍾喬（2002a）。〈民眾戲劇的社區主張〉。《亞太傳統藝術論壇學術研討會論文集（2000年10月）》。宜蘭：國立傳統藝術中心。頁321-338。

鍾喬（2002b）。〈感謝聶魯達的收容〉。《自由時報》。8月26日。

鍾喬等編著（2003）。《觀眾，請站起來》。台北：財團法人跨界文教基金會。

聶魯達（1991）。《情詩二十一》。台北：漢藝色研。

聶魯達（1997）。《情詩一百首》。台北：新雨。

聶魯達（1998）。陳黎、張芬齡譯／導讀。《聶魯達詩歌精選》。台北：桂冠。

聶魯達（1999a）。《二十首情詩與絕望的歌》。台北：大田。

聶魯達（1999b）。《聶魯達一百首愛的十四行詩》。台北：九歌。

聶魯達、夏爾（2001a）。《聶魯達／夏爾》。台北：桂冠。

聶魯達（2001b）。《感官新詩界》。台北：園丁。

聶魯達（2002）。林光譯。《回首話滄桑：聶魯達回憶錄》。台北：遠景。

《戲台頂的媽媽：差事劇團的另類重建》紀錄片，60分鐘。

《台灣小劇場4：差事劇團》公視節目錄影帶，60分鐘。台北：財團法人公共電視文化事業基金會。2000年。

《記憶的月台》演出錄影帶，差事劇團演出，80分鐘。1999年12月12日錄影。

http://www.oxfam.org.hk/chinese/resource/publications/2001_4/03_5.shtml《樂施》季刊，2001年冬季。搜尋下載日期：2002年12月29日。

二、英文部分

Brecht, B. (1964). John Willett ed. *Brecht on Theatre*. New York: Hill and Wang.

Boal, A. (1985). *Theatre of the Oppressed*. Charles A. & Maria-Odilia Leal McBride trans. New York: TCG.（賴淑雅譯。《被壓迫者劇場》。台北：揚智，2000）

Boal, A. (1992). *Games for Actors and Non-Actors*. London: Routledge.

Boal, A. (1995). *The Rainbow of Desire: The Boal Method of Theatre and Therapy*. London: Routledge.

Boal, A. (1999). *Legislative Theatre: Using Performance to Make Politics*. London: Routledge.

Boal, A. (2001). *Hamlet and the Baker's Son: My Life in Theatre and Politics*. London: Routledge.

Schutzman, M. and Jan Cohen Cruz (1994). *Playing Boal: Theatre, Therapy, Activism*. London: Routledge.

記憶的月台

演出說明

　　這是「差事劇團」第一齣帳篷劇的作品。先前,曾以相當安靜的頌詩風格,在「差事小劇場」中演出;帳篷演出時,我們在華山藝文特區後方的荒廢空地上,遭逢多年難得一見的颱風。而帳篷版的演出,也像那場劇烈的風雨一般,為劇團帶來一場精神上的吹襲,讓幕前幕後的所有參與者,從一盞盞寂靜而安逸的燈色中突而轉醒,體驗到帳篷在狂風驟雨中急促的呼嘯聲。

　　本劇由日本「野戰之月」劇團的櫻井大造和作者合作編導。但實質的導演工作,其實由大造一肩挑起。劇中並邀請兩位日本演員合作演出。在帳篷版中,大造導演曾為日本演員寫了另一版本的對話,但本劇所呈現的,則是作者原初的版本。

　　另外,本劇曾赴廣島八丁目車站旁,由中山幸雄先生所開設的 "Abierto" 餐廳中演出。在台北和廣島的演出中,都同時邀請了來自廣島的 "SAYAN" 樂團和東京的大熊垣、坂本弘道、小暮美和擔任現場伴奏。

　　人物:詩人、Lela、小紅、Dream、沈惠、流浪漢(祭師)、陌生人、文爽、阿根、盲婦人。

人物說明

（鍾喬飾）詩人：從「記憶」中出走的詩人，憂悒、荒涼……。在孤寂地凝視靈魂的瞬間，撐著黑傘回返黑雨飄落的原始記憶。

（李薇飾）Lela：北海道「愛奴族」語中「風」的意思。一個懷孕的女人，攜著肚子裡的baby四處旅行，不經意間蒐集了很多人遺忘的「記憶」，並一心為孩子編一雙翅膀。

（許雅紅飾）小紅：陷於溺斃惡夢中的原住民少女，從山上被賣身到都市，身體深處隱藏著被性侵害的「溺斃」記憶。

（陳秀伶飾）Dream：一個在戰爭中死去的少女，她的靈魂依然在畫漫畫……。在孤寂的月台上相遇的人的記憶，竟不經意地都在她的漫畫本中現身……。

（陳淑惠飾）沈惠：大陸新娘。她的父親在第二次世界大戰後，被國民黨從台灣鄉下抓到大陸打共產黨。她到「記憶的月台」尋找她父親在台灣被抓去當兵時的記憶。

（阿道・巴拉赫飾）流浪漢（祭師）：既是流浪漢也是祭師，他的破行囊放了一根從垃圾堆撿來的破卷軸。

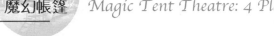

卷軸上寫有《狂人日記》中的一段話，揭示著籤詩中的「劫數」。

（Yuki飾）文爽：台灣民間廟會中有一種稱作「八家將」的陣式，這是廟會信仰中趨邪的一種儀式，通常一些輟學，有江湖氣魄的男子會參加此一稱作「八家將」的陣式。文爽就是這樣背景的角色，他有些通靈，並自稱經常在睡夢中遇鬼神，從而他從廟會的抽籤儀式中，抽到一支「劫難」的籤詩，預示一個如流浪漢般的老人，將劫災盡收其破行囊中，於是展開他和原住民祭師（即流浪漢）之間的關係……。簡單說，他看似有妄想症，卻對劫難的預示具備超自然的能力。虛中帶實，無中帶有，就是台灣民間這類通靈者的特質。另外在清朝時代，台灣曾有一位叛反朝廷的農民稱作林爽文，我們也可以這樣來聯想他名字：文爽……。

（伊井飾）阿根：一個失業的建築工人。在荒涼的月台上喝「維士比」解悶，不期然竟遇上文爽，於是一步步地捲進和原住民祭師之間的關係……。至於，文爽夢中的「劫數」對阿根而言，原本僅是他個人工作的問題……，後來，他因過久曝身於燃燒廢五金的場所中，而成了戴奧辛病毒的受害者。

第一場　詩人頌《狂人日記》

（荒涼的月台上，荒涼的音樂聲）

（舞台上豎著一只站牌，寫著「記憶」。表示這是記憶的月台。地上撒著枯葉，旁邊還有一只破輪胎。）

（一個光頭的男子，擺動著八家將陣頭的步伐，威風地出現。隔頃，卻又探頭探腦地狀似在找尋什麼。他是文爽，一個廟會裡跳「八家將」的乩童。這時，一個在月台旁的平台上悶悶地喝著「維士比」的工人，不經意發現了文爽。這個工人是阿根。）

阿　根：（吆喝地）喂！你鬼鬼崇崇地在找什麼呀！（台語）

文　爽：（嚇了一跳，回過頭去）喔！嚇死人……。要嚇死人也不是這樣子的……那麼大聲幹什麼……。

阿　根：（從平台上跳下來）天都快黑了……這個荒涼的月台，除了風像鬼叫一般「呼……呼」地吼叫之外，什麼都沒有，你到這裡來做什麼！

文　爽：（不爽地）我到這裡來做什麼，難道還要找你登記嗎！那我倒要問問你，你一個人坐在平台上，沒事就「喂」地一聲，找死啊！

阿　根：（酒醉中，神氣似地將手中的「維士比」灌進喉嚨裡）福氣啦！福氣啦！工人萬歲……。（台語）

文　爽：（嘲弄地）福氣個屁（台語）神經病……。你讓酒給你喝得adamakomkuli（日語：腦裡滿是水泥）了你…

……。

阿　根：我……我怎麼樣，你不爽啊！不爽來試試看嘛！
（捲起袖管）

文　爽：（求和地舉起手掌）打架要看時辰，今天……（算命
似地拗著手指）按曆書上說是吉時，適合尋人，不適
打架……。

阿　根：尋人……。

文　爽：嗯！（神秘兮兮地）你有沒有看到一個流浪漢模樣的
人，揹著一個烏沉沉的袋子，從這裡經過……。

阿　根：烏一沉 沉的袋子（學樣地）流浪漢，長得什麼樣
子啊？

文　爽：什麼樣子……（想了很久）嗯……失神失神地，穿著
破破爛爛的……喔！可能留著長頭髮，很老很老地
像一個孤魂。……（沉思片刻後）還有，我想起來了
……有事沒事就自言自語地「碎碎唸」……嗯……
（不知如何形容下去）對了！就像失業的人的樣子…
…失業得失魂落魄。

阿　根：「孤魂」？你說什麼鬼故事在嚇人啊！（轉回話題）
還有你說失業得失魂落魄，那你是指我嗎？

文　爽：你失業，太好了！喔！我不是說你失業太好了，而
是你失業認識了我，太好了……。我呢！我們呢！
（頌經似地）按觀世音籤詩中呂純陽道人的說法，人
生難免有「劫數」……若逢貴人便能化險為夷……
（神秘兮兮地）像烈焰中再生的一朵蓮……。

阿　根：喂！你到底在胡說些什麼？什麼「劫數」不「劫數」

……我活得好好地，有什麼「劫數」呀！

文　爽：真的嗎？那……失業的事怎麼說！這不是「劫數」
嗎？

阿　根：（半信半疑地）嗯！

文　爽：告訴你，我的夢最靈驗了……最近，我總是在做夢
時遇見一個很蒼老的靈魂，在一片荒涼的土地上，
對著一處裂開來的地縫喃喃有詞……。我想，肯定
有什麼「劫數」近了！所以呢……。

阿　根：所以呢？（應和著）

文　爽：所以我到廟裡抽了根籤。籤裡頭寫著，寫著……
（先是想賣關子，之後發現前方來了一個流浪漢模樣的
人，口中唸唸有詞）

阿　根：喂！寫著什麼呀！到底寫……。

文　爽：（拉著阿根到一旁）噓！你看，前面走來的那個流浪
漢，一身落落魄魄的樣子，可能就是……（趨近身
去細瞧）嗯！有些像，那「孤魂」的樣子，真有些
像我夢裡頭的蒼老的靈魂……。

阿　根：（不肖地）你有沒有搞錯呀！那個流浪漢在這月台
上已經混很久，他專門在垃圾堆中撿些剩餘的電線
一類的東西，怎麼會是你要找的夢裡頭的……。

文　爽：喂！（搗住對方的嘴）你看，他好像對著裂開的土地
喃喃有詞起來了！

阿　根：唉……呀！我認識他很久了！每逢廢五金在河床上
燃起熊熊烈火時，他就會發了狂似地用他們山地人
的方式在那邊對著火吟唱起來……。

文　爽：山地人……喔！嗯，就像籤詩中寫的……。

阿　根：籤詩到底寫些什麼？（急切地）

（文爽逕自將急切的阿根甩在後頭，準備前去和流浪漢打招呼時，忽而便看見流浪漢蹲下拾起地上的一片竹片，放在腳掌下，口中唸唸有詞，彷彿在做一場儀式……。流浪漢以竹片占卜，發現是凶兆即將發生在大地上。他以原住民儀式向天祈禱……阿根和文爽躲在一旁。投以好奇而未知的眼神……。突而，一個身穿黑色大衣的男子捧著一本魯迅的《狂人日記》踮著腳步中邪似地頌讀起來……。流浪漢像是被這突如其來的頌讀給附了身似地，驚惶離場。黑色大衣的男子是一名詩人。）

詩　人：（顛狂地頌讀《狂人日記》的「片斷」）我翻開這書一讀，這歷史沒有年代，歪歪斜斜地每頁上都寫著「仁義道德」幾個字，我橫豎睡不著，仔細看了半天，才從字縫裡看出來，滿本都寫著「喫人」兩個字。

（文爽將一盒燒紅的碳火灑在沙地上，再灑上一層層鹽巴，踩踏上去……做「過火」的儀式……口中唸唸有詞……然後，文爽拉著阿根離場而去。）

文　爽：走！快……我們得去找那個先知，問他占卜出的「劫數」到底是什麼！

阿　根：（不放心地）先將這盒碳火澆熄了再說吧！

（阿根提出一桶水，將碳火給澆熄。然後離場。昏暗中……。詩人仍喃喃低頌《狂人日記》。Dream悄悄地捧著手中的筆記本上場，然後，坐在月台的站牌下，動也不動……。）

詩　人：（一眼就發現Dream）想「阿媽」嗎？一個「人」坐著發呆。

Dream：嗯！沒什麼……。（擦擦頰上的淚水）不是一個「人」坐著發呆，而是一個「靈魂」坐著發呆……。

詩　人：人和「靈魂」有差別嗎？（深思地）

Dream：喔！讓我想想……（調皮地）差別就在於人活在現在，而「靈魂」呢？都活在遙遠的記憶裡……。

詩　人：遙遠的記憶裡，那裡有些什麼奇特的景象嗎？

Dream：（作嘔吐狀）喔！我又聞到了，就是那炸彈爆裂開來時的味道……好嗆人……每次聞到時，就差點沒辦法呼吸，整個人都快窒息了！（作嘔吐狀時，不慎將手中的漫畫手稿掉在地上。）

詩　人：（前去拾漫畫手稿，瞧了一下）這是你最近的作品嗎？畫些什麼……喔！場景就在這月台上。（指著手稿中的人物）她們是誰？

Dream：喔！一個是像風一樣的四處旅行的孕婦，還有另一個……你看，提著一只皮箱，很慌忙的樣子……。

詩　人：（仔細地瞧一瞧）那另外一個人呢？瘦瘦小小的女孩，眼睛大大的……她又是誰？

Dream：喔！她就像水一樣……她媽媽把她從山上賣到城市

　　　　　　裡去了！

詩　人：她們都在你的漫畫裡幹什麼？

Dream：等火車。

詩　人：等一火一車，就這樣子嗎？她們要去那裡？

Dream：嗯！還沒想到……（突然間靈機一動，俏皮地）喔！
　　　　　就去你要帶她們去的地方……。

詩　人：（訝異地）我要帶她們去的地方……那裡有……。

Dream：（突然間若有所思地）你不是說你到過很多地方嗎？
　　　　　你想在你們「人」的世界裡會有這樣的人物嗎？

詩　人：喔……你是說像你漫畫裡的「她」和「她」還有
　　　　　「她」嗎？

Dream：對呀！

詩　人：在我的詩行裡，她們隨時就會在這個荒涼的月台上
　　　　　出現，然後，很快地又會消失……。（喃喃地進入說
　　　　　夢話的狀態中）

Dream：像幻影……。

詩　人：又像真實的人，在時空中浮浮沉沉……。

Dream：（收拾起漫畫，準備離去）你真的是一個抵死也不悔
　　　　　改的詩人。說起話來，比我這個「靈魂」還有「靈
　　　　　魂」。

詩　人：你聽見什麼聲音沒有？

Dream：沒有呀！喔，好像是輕輕的打雷聲……天空要下雨
　　　　　了，我要先走了！

詩　人：不是，不是，再仔細聽，是一個女孩子在夢裡頭被
　　　　　水淹沒的聲音。

Dream：夢裡頭被水淹沒……（驚訝地翻翻手上的漫畫手稿）
　　　　不就是我漫畫裡那個瘦瘦的、眼睛大大的女孩嗎？

詩　人：嗯！像幻影，又像真實的人，在詩行裡進進出出，
　　　　永遠也不停止的腳步聲……在白天，在夜裡……。

Dream：（搶走詩人手上的傘）「靈魂」也會怕被淋濕的……就
　　　　要下雨了，來吧！老先生，我接下來的漫畫，就要
　　　　畫一個靈魂不再潮濕的詩人。為了成全我的夢想，
　　　　還有你知道我討厭淋雨，我們還是走了吧！

詩　人：走了！朝著軌道的方向往前去，每一個出現在你漫
　　　　畫裡的人物，都想沿著軌道往前走，去追尋他們的
　　　　記憶……。直到一陣狂霧襲來，讓他們迷失其中。

　　　　（詩人伸開雙臂，踮著腳步踩在濕濕的枕木上，朝觀眾
　　　　席的方向走去。Dream跟著詩人後頭……。燈光亮。舞
　　　　台中間處，一個女子坐在一把破舊的椅子上，她是小
　　　　紅。音樂聲漸漸響起。小紅坐在月台的椅子上，望著遠
　　　　方）

小　紅：我沒有辦法入睡，因為，只要我一閉上眼睛，就會
　　　　看到不同的畫面。有些像是過去，有些又像是未
　　　　來。每次我閉上眼睛……。（閉眼，以手撫摸著空
　　　　氣，周圍的空氣就彷彿起了變化。）

　　　　（睜開眼睛的小紅，想像自己被清澈的水圍繞著。於是
　　　　她用腳去試探水的溫度、深度……然後，慢慢地浸身到
　　　　水中，將雙手浮在水面上，跟著水而起伏。）

小　紅：這是一種喜悅的感覺，像童年時頭一回被水擁抱……
　　　　……，被媽媽冰冰地擁抱著……。（小紅想像中的水愈
　　　　來愈高，直到將她溺斃。她的手想伸出水面，卻感到無
　　　　能爲力。）怎麼會這樣呢？怎麼會這樣？媽，你的
　　　　手呢？我怎麼握不到你的手……。

　　　　（舞台的另一邊，一個孕婦推著載滿雜物的娃娃車進
　　　　場。小紅彷彿走了很久，有些疲憊的從車子裡拿出一把
　　　　小椅子坐了下來）

Lela：好熱！這裡簡直像個沙漠！
　　　額頭的汗水還沒流到鼻子，就變成一陣白煙蒸發掉
　　　了。
　　　這裡，（環顧四周）我又回到這裡。
　　　這裡是我旅行的終點，也是我的起點。（翻找出蚊香）
　　　生命像是無止盡的循環。（點起蚊香）
　　　我剛從一個到處飛滿蚊了、蒼蠅和許多不知名小蟲的
　　　垃圾山回來。那裡終日冒著熱氣。穿透過熱氣，我彷
　　　彿看到歪曲的嬰孩的臉，慢慢在高溫中融化。
　　　好熱！
　　　我渴望到一個被大雪覆蓋的白色世界去。
　　　我渴望帶著我未出世的嬰兒，到柔軟的雪地裡去。
　　　是我要帶他（她）去，還是其實是他（她）要帶我
　　　去？
　　　自從那天因爲腐敗酸臭的氣味而昏倒在垃圾山之後，
　　　我就感到他（她）不斷透過羊水傳遞祕密的波動給

我。（拿出一個未完成的翅膀，開始編織。）

每天，我都作著相同的夢，一個赤裸的嬰孩，從遙遠的星空掉落下來，臉上帶著奇異的笑容。我開始為嬰孩編織一雙翅膀，讓他墜落到地時得以被保護，不會被摔痛。（邊編織，邊哼起歌來）

（欣悦地）嘔！我看見了，我的baby雙手撐著一雙翅膀，他，噢！（彷彿真的看見了似地）他真—的—飛向白茫茫的雪地裡了……。

第二場　午夜的列車

Lela：下雪了！

小紅：這裡不會下雪……。

Lela：白色的星星……。

小紅：這裡也沒有星星……。

Lela：你是誰？

小紅：我是誰？很久以前有人叫我小紅，我也忘了是多久以前了……。

Lela：你全身都溼了。這裡又沒下雨，你是從那裡來？快擦乾，不然會感冒。

小紅：水，這水是我從夢裡帶來的。我剛在一個夢裡，四周圍都是水。如果那只是夢，為什麼會有水，如果在那夢裡我是真的死去，為什麼我又醒了過來……還是我根本沒有醒來，我只是到了另外一個夢裡。我搞不清

楚了。你是誰?你為什麼來這裡?

Lela:我叫Lela。(將手中的毛線提上來)我的孩子在等我替他編織這雙翅膀……我們要一起到白茫茫的雪地去旅行……。幾個月前,我帶著baby到一個炎熱的城市去旅行,城市裡到處有歌聲,飄送在髒亂的貧民窟裡,那時,我隔著灰濛濛的煙霧,看見有一個穿著黑色大衣的男子撐著黑傘站立在垃圾山上。他對我喊著:「Lela……Lela,到記憶的月台去。」他說,有一班午夜的火車會帶我到想去的地方。我會找到一座像水晶一樣發亮的冰雕,裡頭藏著……(音量漸小……)藏著什麼呀?藏著什麼呀?一陣煙霧吹來,他就消失了……

小紅:你確定你真的有看到那個人嗎?

Lela:當然,穿著黑色大衣站在大太陽下的人,可沒那麼容易搞錯。

小紅:你那麼容易就相信他說的話?我來這裡已經一段時間了,沒有人來,也沒有火車經過,什麼事都沒有發生。你可能白跑一趟了。

Lela:不會吧?他不會騙我吧?你真的沒有看到任何人來嗎?我一切都準備好了(看到風鈴)你看,他來過,這是他留下來的,裡面好像有個東西,你看到了嗎?火車就快來了。小紅,你為什麼會在這裡呀?

小紅:上次醒來的時候,我就在這個月台了,我不知道為什麼會留下來,也不知道應該要去那裡。

Lela:我好像聽到火車的聲音。

小紅:我要離開這裡,如果我有足夠的勇氣,我要搭上任何

一班列車，離開這裡，你相信嗎？我現在看到來來往往的人影在這荒涼的月台走來走去，但他們都只是影子，安靜的影子，安靜的影子……。

（兩人睡去，火車轟隆聲從月台穿越而去……。）

第三場　月台的相遇

（手風琴聲響起。Lela與小紅坐在月台的椅子上。Dream從場外玩著跳格子進場）

Dream：來，我們來玩跳格子！（好似在與想像中的玩伴玩著遊戲），換你了……（好像看到什麼似的往後退）
他們又來了，好多好多的黑影子。你們要做什麼？走開，走開，走開，你們都走開啦！（跌坐在月台旁的一只破輪胎上）
都是這樣的。他們來了又走了，什麼都沒有留下，直到殺死最後一隻蝴蝶為止。他們用卡車運來一堆又一堆的水泥，灌在還在呼吸的稻田上，然後得意洋洋的說：「大功告成。」這就是他們謀殺大地的方法。小時候，在我的家鄉，他們也是這樣幹的。只差運來的是炸彈，不是水泥……。炸彈從天空無情地灌下來……殺死成千上萬的蝴蝶。（喚醒睡著的Lela）
喂，你們怎麼在這裡睡覺啊？

Lela：我們在等火車。

（此時，沈惠提著皮箱，從後台進來。但沒有發現她。）

Dream：火車？這裡不會再有火車來的啦。這個車站早已經
　　　　廢棄了。你們要去那裡呀？

Lela：我和我的baby要去找一件對我們很重要的東西。

Dream：什麼東西？這個荒涼的地方會有什麼重要的東西？

Lela：有人告訴我，這裡會有一班午夜的列車，會載我到我
　　　　想去的地方，那裡藏著一座像水晶一樣的冰雕，裡頭
　　　　藏著……。

小　紅：（像是被吵醒）Lela，不要說了，她聽不懂的。

Dream：說簡單一點嘛。

Lela：總而言之，這裡是記憶的月台。

沈　惠：（驚訝地）記憶的月台……這裡，就是這裡嘛！

（小紅、Lela、Dream猛地回過頭來，被突然出現的沈
惠給嚇了一跳。）

小　紅：你是誰啊！真嚇人，怎麼不聲不響地出現在這裡
　　　　呢？

沈　惠：（慌張地）喔！我有身分的……我在警察局、法
　　　　院、鄉公所都登記過了！（翻皮箱找身分證件，神色
　　　　有些茫然。）

Lela：（故作鎮定地）身分……唉！我旅行過很多地方，身分
　　　　只有在大都市裡才管用，在這記憶的月台上，有什麼
　　　　「身分」不「身分」的差別呢？

Dream：喂！你一直說這裡是記憶的月台？我在這裡好多年
　　　了。在後面那個村莊的田地還沒有被污染之前，我
　　　就來這裡了……。我怎麼不知道這裡是叫什麼記憶
　　　的月台？

Lela：欸，那你來這裡做什麼？

Dream：我，我是來找我的漫畫的。你們有沒有看到一本漫
　　　畫手稿呀？

　　　（Dream在四周東翻西找，Lela也在一旁幫忙找，她找
　　　到一本皺舊的稿本。她出神地翻著……然後，大吃一
　　　驚。）

Lela：小紅，這好像你呦，一個又乾又瘦的短頭髮女生，一
　　　副沒睡飽的樣子。就坐在月台的椅子上……。

小　紅：是嗎？我看看……你看，Lela，這像不像你？

Lela：真的耶，還畫得很漂亮呢。

小　紅：（質問Dream）你說，這是怎麼回事，為什麼我們會
　　　在你的漫畫裡？

Dream：我不知道呀，我畫得都是我想像出來的。

　　　（沈惠也探過頭去看漫畫手稿，Lela和小紅嚇了一跳。）

小　紅：（些許不耐煩地）哎唷！你怎麼這麼好奇呀！這漫畫
　　　裡不會有你這樣「身分」的人啦！

Lela：喂，你說你在這裡很久了，那你看見過一個穿黑色大
　　　衣的中年人嗎？

Dream：你是說那個撐黑傘的老老的詩人嗎？

小　紅：詩人？在這個荒涼的地方，怎麼會有詩人？

Dream：他是最近才開始寫詩的。從前，他就在村子裡寫傳
　　　　單……像詩一樣的傳單。

Lela：傳單？都寫些什麼？

（詩人的幻影帶著一只面具、撐著黑傘在高台上喃喃碎
唸著夢語。一張傳單從他手中滑落。傳單上寫著：「賢
慧生子，絕不逃跑……。大陸新娘，30萬元。」）

沈　惠：（拾起傳單）這是怎麼回事……怎麼會飄來這張傳
　　　　單，（慌張地）這個荒涼的月台上，怎麼這麼巧就
　　　　飄來和我身世相關的傳單。

Lela：（找尋地）我好像聽到腳步聲了……咦！遠遠地好像傳
　　　　來有人在說夢話的聲音……。（失望地從沈惠手中將傳
　　　　單取過來）這不是詩　樣的傳單，這只不過是「三七仔」
　　　　的賺錢術嘛！

詩　人：我所以寫詩，因為承擔不起太多的誤解……。其
　　　　實，生活在這個島上的人，誰不是「三七仔」呢？
　　　　又或者說，誰不是「三七仔」的共犯呢！

Dream：嗯！所以他是寫詩很久以後，才發現他寫的都是
　　　　詩。在這之前，已經有很多「絕不逃跑」的新娘，
　　　　從我的家鄉被介紹到這裡來了！

沈　惠：你的家鄉？

小　紅：（反問地）喂！你到底是誰？怎麼也出現在漫畫
　　　　裡。

沈　惠：我來找尋我父親的記憶……。

Lela：你「父親」的記憶……你的口音聽起來不像台灣人，
　　　你是……。

沈　惠：我是台灣人……只不過被拒絕住在台灣而已。（著
　　　急地）喂！你剛才說你的家鄉……。

Dream：對。我的家鄉。5歲以前，我還活著的時候。轟炸機
　　　像巨大的蒼蠅一般在天空盤旋……。

Lela：什麼，你已經死了嗎？

小　紅：死……了……。

　　（詩人在高台上，朝著天空頌起一段詩來）

詩　人：他們來了／炸彈掉到田裡／爆出一個大洞／來他們
　　　走了／祖母在炸出洞的田裡祈禱／天空便降下紅米
　　　……。

Lela：紅……米……。我好像聽到有人在說夢話……紅……
米……。

Dream：對。「阿媽」說災難過後天空降下紅色的米，希望
　　　就要來了。我們要留下來，我們死也不能離開…
　　　…。

Lela：「阿媽」和你一樣，也被炸彈炸死了嗎？

Dream：嗯，但我離開了，「阿媽」還在家鄉等待紅色的米
　　　……。

　　（詩人離場。Dream邊說邊朝天空找尋紅色的米，然後
　　離場，Lela好奇地跟在後頭。小紅踏著階梯到高台…
　　…）

小　紅：紅米從天空飄下來，將絕望從靈魂中驅逐出境……
　　　　……。

　　　　（音樂聲響起。沈惠和小紅展開一場想像中的記憶之
　　　　旅。一個手提破燈籠的陌生人，騎著單車在月台上四處
　　　　找人。他從角落裡拾起一只洋娃娃，然後將洋娃娃摔在
　　　　路旁……陌生人發現地上的那盒碳火，若有所思地拿起
　　　　來聞一聞，他說：「嗯！他來過，他肯定來過，我聞得
　　　　出他的腳臭味來。」之後，學著文爽的步子，在碳火上
　　　　擺出「過火」的姿態……。腳下狀似仍有碳火的熱
　　　　度。）

陌生人：（朝觀眾）喂！你們有沒有看到一個頭光光的，個
　　　　子不高，走起路聳著肩的男人。他是我的好朋友，
　　　　福佬人啦！很講義氣的，經常到我眷村來，拿他做
　　　　的米糕給我妹妹吃……和我妹妹約會……喔！不，
　　　　最重要的是我們之間的約定，我們正在秘密策劃一
　　　　個「兄弟會」。你們知道嗎？「兄弟會」起義時，那
　　　　些自以為「清廉」、「勤政」、「安全」的政客，統
　　　　統從這個世界上消失得無影無蹤。喔！你們不要以
　　　　為我在痴人說夢，我是當真的……。（擺動架勢，打
　　　　起一套流民拳來。之後，突而感到惶惑地……）
　　　　你們聽見了嗎？霧中的笛聲，笛聲的背後……（往
　　　　遠處看）我看見他了，手裡拿著一張籤詩……他滿
　　　　臉憂心忡忡地……什麼事要發生了，我得趕過去和
　　　　他見面……我走了，我走了……。

（盲婦人手持二弦出現在高台上。）

盲婦人：（眼盲心不盲地）他來過！嗯！其他的人也都來過
　　　了，從這個月台出發，踩著鐵軌上濕濕的枕木，往
　　　前，去追尋想像的旅途；往後，迷失在記憶的霧中
　　　……。（朝觀眾）怎麼樣……你們都預訂好旅程了
　　　嗎？一起出發吧！只要汽笛聲傳來，就是一起出發
　　　的時刻了！（拉起二弦，唱著民間小調）

第四場　溺斃之旅／與洋娃娃共舞

（小紅倒地，躺著坐在一把倒地的椅子上……。她瞥見倒
落如自己的洋娃娃，想起童年在火車車廂裡的幾些往事。
抱著洋娃娃喃喃自語時，彷彿看見年幼的自己置身在車廂
中……。）

小紅：這是我最喜歡的，也是唯一的洋娃娃，是我母親送給
　　　我的。母親，她因為工作關係沒法常常陪在我身邊。
　　　可是，只要有這個洋娃娃陪伴著我，我就一點也不會
　　　感到寂寞。我帶她到山上，到海邊，到任何我想去的
　　　地方……那時，我也常想，這些地方就是媽媽會帶我
　　　去的地方……直到有一天，媽媽告訴我，她再也沒辦
　　　法回來了……但是，我還是一直等，坐在家門口等…
　　　…等媽媽……。（將抱在懷裡的洋娃娃拎在手上，彷彿
　　　感到陣陣海風吹襲而來）

　　（叛逆地）母親離家的那個夜晚，我沒有哭，我紅著眼眶，但沒有哭。因為，眼淚沒辦法改變什麼。後來，我一個人走到常去的海邊，原本海邊的天空都是藍澄澄的……那一天，天空竟然變成漆黑一片……我覺得好孤獨，好孤獨……。「媽……」你不要我了！是不是？是不是？那時我的眼前一切都是暗的……一片漆黑的大海……我一步一步地走向前去，海水，孤獨的海水，一直冰涼起來……。（邊拉扯手上的洋娃娃，邊走向冰涼的海水。）

　　（決心地）我將洋娃娃緊緊綁在石頭上，將她丟到海裡頭，我看著黑色的海，慢慢的後退……我還以為這樣就可以忘了那個夜晚。但是，許多年以後的夢裡，我常常夢見自己就是那個被拋棄的洋娃娃。身卜綁著一塊沉沉的石頭，孤獨地坐在海底。（慢慢退回椅子，然後，發現手腳都動彈不得，只能隨著海水起起浮浮，一陣大浪打來，像洋娃娃般倒了下去。）

（Lela坐在隧道口的一座平檯上。朝隧道裡探頭探腦地瞧著……。沈惠發現了Lela。）

沈惠：（疑惑地）嘿！你在看什麼啊！

Lela：（嚇了一跳）怎麼，又是你啊！什麼事嗎？

沈惠：什麼事？沒什麼事……。只是好奇你在看什麼？

Lela：（好奇地）你看……。隧道裡有一顆顆亮亮的東西，那是蝙蝠的眼睛……，嗯！你怕不怕？

沈惠：怕！有什麼好怕的……只不過是蝙蝠的眼睛嘛！在我

的家鄉，比這隧道還大還深的山洞裡，蝙蝠的眼睛還
會閃閃發亮……像火炬一樣。

Lela：「火炬」……（不可置信地）喂！你到底是那裡來的……
……怎麼這樣說話的。

（沈惠有些尷尬於自己的身分，遂顧左右而言他地喃喃自
語起來。）

沈惠：我……我，從很遠很遠的家鄉來的……。

Lela：（有些不耐煩地）好，你不想說你從那裡來的……，那
就算了。（突然間想起什麼似地）對了！你剛才說你來
找尋「父親」的記憶……那是什麼意思啊！

沈惠：（從衣袋裡審慎地取出一張舊照片來）喏！這張老照片
是父親臨終前交代給我的，他說……。

Lela：（好奇地打斷對方的話）這照片裡的場景，看來有些熟
悉……好像就是……。

沈惠：（不很確定地）對……嗯，我想，就是這裡……。

Lela：喔！就在這裡，嗯！對！應該就是……。（轉頭去瞧站
牌）你看，站牌裡寫的站名，好像也寫的是「記憶」
兩個字……。（猛地想起什麼事情似地）喔！你說你
「父……」喔！我是說你爸爸交代你什麼事了？

沈惠：（環顧四周）他說，一定要我找到這個月台，因為，就
在1946年的一個冬天夜裡，他和好幾百個年紀輕輕的
台灣青年，從軍營被押送到這個月台來……。那一
夜，車站四周統統都是槍兵，像管犯人般給牢牢地圍
住……。

Lela：（睜大眼睛）在這裡，槍兵團團圍住……。然後呢？

沈惠：然後……。我聽父親說，軍營裡的長官騙他們說是移防……，沒想到……。

Lela：沒想到什麼？

沈惠：沒想到，隔天，天還沒亮，火車就進站了，槍兵押著幾百個人，推進暗暗的車廂裡，……火車汽笛聲「嘟一嘟」猛烈地響著……。他們全都被載到一個港口……。

Lela：然後呢？

沈惠：嗯！就這樣在海上浮浮沉沉幾天後，就在大陸南方的一個碼頭登岸了！

Lela：（有些不耐煩）你說的，你父親的記憶，好像已經都是很久很久以前的事了……。現在，我關心的還是我的這趟旅行，你知道，我真的相信雪地裡的冰雕一定藏著重要的預言，我可以跟我的孩子分享的預言。但我一想到蝙蝠會吸人的血，那「預言」就全被吸乾血似地。

沈惠：（回應地）對了！你說到蝙蝠吸血，我父親說，他們被押在這裡的那個夜裡，他做了一個惡夢，夢見蝙蝠都變成飛機在天空盤旋……然後……（失神而不語）

Lela：（輕聲地）喂……喂……。（見沈惠一語不發，兀自朝著漆黑的山洞遠遠地喚起聲來……）

Lela：（顯得慎重而輕聲地）有人在嗎？有人在嗎？

（沈惠擺出和人共舞的動作，狀似被一個見不著形的人邀

約共舞：Lela見狀，也模仿地跳起舞來……，沈惠在某種
莫明的驚惶中舞著，Lela發現有些不對勁地瞧著對方。突
然間，沈惠的手像是被對方拉住似地，朝著舞台後方被拉
著而去……。Lela慌張地跟過去……。）

沈惠：你們……到底……到底要拉我去那裡？
Lela：你……你怎麼啦！

（兩人在驚惶中下場）

第五場　黑雨

（Dream在草地上抓青蛙，驚慌地撿拾著地上的枯葉）

Dream：（獨白地）我害怕回到活著的時候。那時我才五歲…
　　　　…。遠遠的天空飛來好多飛機，轟轟隆隆的……。
　　　　田地被炸成一個個大洞……。然後，一群講著聽不
　　　　懂的外國話的軍人來了。他們手上拿著機槍向我們
　　　　掃射……。啊！祖母！我看見祖母了！她怎麼滿身
　　　　都是血……。我，我的身上也都是血，到處都是血
　　　　……人呢！人都到那裡去了……。

（原住民祭師戴著日本軍帽，披頭散髮、跛著腳走進
場。他唱著思念家鄉的哀歌）

Dream：那天夜裡，我又夢見祖母告訴我的故事。祖母說，
　　　　軍隊走了以後，天空就會降下紅米，然後，希望就

會到來……。但是，好奇怪呦！昨天夜晚的夢裡，
紅米從天空掉了下來，掉到一半的時候，竟然變成
一串串的黑雨……。紅米……黑雨……難道我的記
憶……（把玩著手中的樂器。）

（原住民祭師，頭戴著日本兵的軍帽，口中彈著一片口
簧琴……。）

祭　師：記憶像血，在我的身體裡循環……。因為太過於鮮
　　　　明，就像濃濃的血一般緩慢地穿行在血脈中。我想
　　　　起來了……。先是軍艦甲板上猛烈的海風，不斷吹
　　　　著我心中炙烈焚燒的火，我唱著雄偉的軍歌，將自
　　　　己玉碎的身體投身火中。（唱起日本軍歌。俄頃，沙
　　　　啞的嗓門變得憂傷起來）然後，是一片森林，像家鄉
　　　　的森林……。不！那島嶼上的森林裡到處是被炸彈
　　　　爆裂的枯木，淒涼的景象中，我經常在惡夢裡流著
　　　　冷汗，看見自己的游魂在家鄉的野地裡，在幾乎相
　　　　似的一片淒涼的森林裡，漫無目的的遊走著……喊
　　　　著：「瓦姐、瓦姐……我回來了……。」但是，瓦
　　　　姐，我心愛的妻子沒有回答，只有我睜亮眼睛，聽
　　　　見轟炸機轟轟地從軍帳外的夜空飛過……。

（文爽穿梭過一片煙霧而來；後頭緊隨著失業工人阿根
……）

文　爽：（喘著息，灌一口維士比）我找你找好久了，終於…
　　　　…我有重要的事惰要請教你，我的這張籤詩裡說…

…

（文爽從袋中拿出籤詩。祭師不語，兀自吟唱起「離鄉
之歌」並離去。）

文　爽：喂……喂，你不要走呀！我有……。

祭　師：我徘徊在記憶裡……要回去記憶中的瓦姐身旁…
　　　　…。

文　爽：瓦姐，瓦姐是誰？

（一旁的阿根醉薰薰地搖擺著身體，一手搶回拎在文爽
手上的「維士比」）

阿　根：福氣啦！福氣啦！（台語：亦謂「讓他去」的意思）

文　爽：福氣個屁！什麼「福氣」啦！你看他真的轉身就離
　　　　去了！我還有「劫數」要請他解釋到底怎麼一回
　　　　事！

阿　根：「劫數……劫數」……你說我失業的劫數是什麼？
　　　　對了！你籤詩裡究竟寫的是什麼？

文　爽：（神祕地將籤詩拿在手上，吟詩般頌讀起來）

　　　刀光血影何時盡
　　　霧中忽聞吟唱聲
　　　南遇故人如浪人
　　　劫數盡在破囊中

我不能再說下去了，（絕望地）其實一切的預言，
在我們這個詭計多端的年代中，都已化作咒語般的

重金屬，一層一層地澱積在穿流過島嶼的每一條河流中。乩童要淨身，才能通靈，但我的身體中留有血腥的記憶，就像我們「兄弟會」中的每一個弟兄一般，要以血的記憶回過來沖洗人間的咒語……這是很重要的，是我們飲下共同的血時，立下的允諾……（焦急地）現在，最重要的是解開這籤詩中的「劫數」到底是什麼……我得去找流浪漢去了！

阿　根：（兩手緊緊抱著頭）唉呀！我的頭好痛，突然間，像是被雷擊打到一樣，整個人都暈眩了起來……。（痛苦地閉上雙眼）我會不會是被你說的「咒語」給擊中了呢！

文　爽：（拍拍對方的頭）這樣，好一點了嗎？

阿　根：（搖幌著腦袋）嗯！好像有好一點了。但是，剛剛我閉上眼睛時，有一陣陣發著惡臭的煙霧朝我猛烈的襲來，盤據著我的身體，像一條麻繩般封鎖著我的喉嚨，讓我差一點就窒息了！

文　爽：（回過頭去，低語著）戴奧辛……戴奧辛的記憶……。

阿　根：（眩然中）你說什麼？你說「戴」……什麼。

文　爽：我說，我們還是快走吧！去找流浪漢，看看他破袋子裡到底「帶」著什麼……。（催促阿根一起離去，阿根卻仍然站著發呆。）

文　爽：喂！你還不走嗎？那我要先走了！不等你了！（離去，留下阿根一人）

阿　根：（獨自地）罷工前夕，我們工會幹部秘密相約在河

岸的那邊，共商大計……。那個夜晚，天空下著大雨，把我們疲倦的臉都打濕了……。我就記得當弟兄們為行動策略，爭得面紅耳赤時，突然間，不遠的河床上便接二連三燒起幾把鬼火。而後，一陣狂風朝我們的方向吹來，那風裡頭一股股強烈的惡臭味，就和鎮暴警察的瓦斯催淚彈一般，牢牢地將我們隔離在混亂街頭的角落裡……。

（暗場）

第六場　紅皮箱裡的衣服

（音樂聲中，沈惠提著紅皮箱進來，放置在月台前。她凝思地敘述起一件往事。）

沈　惠：（帶著些許漠然的表情）5歲那年，父親帶著我搭上一班很長很長的列車。我們在車廂的硬舖上顛簸了一整個星期……。我記得一個濛濛的清晨，我從硬硬的床板上醒來，從車窗望出去，遠遠地，在地平線外的一個小村莊裡亮著一盞燈火，吸引著我朦朧的目光，就在燈亮起的遠處，我刹那間發現一陣濃霧，從村莊的另一頭湧過來，一瞬間將燈火給淹沒了……。那旅行中霧掩去燈火的景象，在我的記憶裡久久徘徊不去。（低下頭去，望著紅皮箱）現在，在這個留有父親記憶的月台上，記憶的霧中，時而

有一盞暗暗幽幽的燈，就亮在我的眼前，亮在遠遠的黎明中，啊！一瞬間……那是霧嗎？（拾起箱中的一件紅色毛衣，先是在身上比一比，之後，垂下頭去。）

都起了毛球了，還留著作什麼？像我一樣，舊舊的、毛毛的、乾乾的、……乾脆扔了算了。（將衣服揉成一團，丟到一旁。俄項，又感覺不很安心地將衣服給拾了回來，坐在皮箱前不斷恭順地應聲。）

是的！我馬上去擦。喔！我馬上去晾……喔！一定要生兒子（懊惱地）不能將它丟了（摟緊衣服）這是離家時，媽媽親手為我織的……。媽媽說……（站起身來，期待地）台灣的冬天雖不比大陸冷，卻得穿得時髦些，這裡的生活條件不相同，每天都要上百貨公司、服飾店、大賣場……一定要穿得亮麗些……。（欣喜地在皮箱前化妝）媽媽說：台灣到處都是亮亮的……亮亮的……（踮起腳跟）噢！我想前面湧來的是一陣霧吧！還是有人在燒什麼……怎麼這麼臭……！（以手掩鼻）我該走了！真的該走了！

第七場　地下之旅

（小紅站在椅子旁，敘述起一件往事）

小　紅：（站在椅子旁，敘述地）我怎麼也難以忘記，那個空蕩蕩的下午，部落裡吹著一陣陣熟悉的海風。我就

坐在家門前的那棵大樹下，等媽媽從城市裡回來……
…我等著，等著……等了很久……。媽媽沒有回
來，爸爸手裡拎著那瓶喝光了的紅標米酒，嘴裡念
念有詞地從門裡顛顛倒倒地走了出來……。跌了一
跤，就倒下去了……。我等著，突然間，一輛黑色
的轎車很快地駛到門口，我看見媽媽在車上，旁邊
坐著兩個長得很兇惡的城市人。我站起來，向媽媽
招手……。沒想到，媽媽竟然沒理睬地下了車，就
往家門的對面走去……。我喊著：「媽……」媽媽
已經不見蹤影了……。然後，那兩個城市人走到我
身旁來……走到我身旁來。（閉上眼睛，被挾持似地
坐到椅子上）

（一臉驚懼地）不要……不要……你們要做什麼！要
帶我到那裡去……。

（掙扎後，一陣屏息聲）拜託你們告訴我，要帶我到
那裡去，好嗎？

（片刻的沉寂後，突而嘶喊起來）你們放了我，把我給
放了，放了我……。　（嘶喊的掙扎中，跌到地面上）
這裡是那裡呢？（睜開雙眼之後，發現自己被關在一
間漆黑的木板屋裡。站起身來，發現黑暗中有一絲光線
透進屋子裡來，急急忙忙從透進光線的細縫中往外
看。）

黑暗中有一線光漏了進來！（驚懼而失去理智地朝觀
眾訴說）你們知道從那個小小的洞裡望出去，我看
見了一支好高好高的煙囪，像電影裡的火箭一樣，

一直往天空衝上去……。（仰起頭來）哦……就在天空上，一陣陣濃濃的黑煙在高高的白雲上翻滾，翻滾……，之後，又是一陣陣的火焰，燒得滿天通紅。我在那裡？這裡是什麼地方呢？哦！（突然間想起來）我還看見煙囪的四周吊著一匹匹懸空的彩色木馬，像馬戲團，喔！不，更像校園裡的旋轉木馬……。我坐在上面，轉呀轉地，好暈，好暈……要轉到那裡去呢？（在昏暗中轉著，轉著，口中哼著一首泰雅族的兒歌，之後倒了下去。之後醒來，發現有一個人朝她身上壓過來。）

不要，不要……。（緊緊地拎著衣襟，爬出場去。）

第八場　詩人的想像世界

（詩人從天台上出來。他的後腦勺上戴著一只面具……他撐起黑傘，凝視前方。盲婦人跟在他後頭……。）

盲婦人：（詢問著）去那裡？你旅程的終站在那裡？

詩　人：（在喃喃的碎唸聲中）是狂霧……是溺斃的水……是風雪……是黑雨……是爆裂的天空……是真實和想像的交錯……。

盲婦人：從我瞎了眼之後，心中便浮起一條長長的軌道。有時，像銀河一般閃亮，有時，卻忽然襲來一陣陣的狂霧……。（像是聽見什麼似地）喔！我聽見……他

們都來了……準備好要出發了……。出發……前往你的想像世界中。

（演員出場，合唱主題曲。）

詩　人：（錄音）黑夜。無盡的黑夜，我撐著手上的黑傘，穿越一層層黑暗，腳底下是懸空的階梯，溼溼的，滑滑的，像我不安而騷動的靈魂，在無聲無息的國度中徘徊……。喔！是風寫下的一行行詩，在這黑暗中，召喚著我沒有歸宿的身體。喂，你看到了嗎？（朝觀眾冷冷的啐了一口）就在那溫情的詩篇背後，隱藏著多少殺戮的沉默，化作隱形的血水。你知道嗎？那是世紀末穿梭在我們飽食日子當中最黑暗的詩篇……。什麼，你說什麼？

（回覆觀眾，繼續在虛空中走動）你問我看到了沒有嗎？當然我看到了！告訴你，那是戰爭的陰影，在星空下明明滅滅……。從記憶的湖底生出一朵被輻射病毒滋養的花朵，這一切沒有過去，沒有消失，只是更加速蔓延，像核爆的那朵死亡之花，將廢棄的人生剎那間覆蓋殆盡。

喔，是你呀！Dream，你應該回媽媽身邊畫漫畫的，怎麼會闖進我的想像中呢？

（Dream手中拿著速寫簿，忙著幫詩人畫造型）

Dream：你也在我的想像中啊！

詩　人：我在你的想像中？這怎麼說呢？你是說，你把我畫

　　　　　　進你的漫畫裡？

Dream：怎麼了，這有什麼不好嗎？

詩　人：嗯！（沉思了片刻）是沒什麼不好……。但是……。

Dream：但是什麼，你是嫌我的漫畫太醜，太粗俗，和你的詩人形象不配嗎？

詩　人：當然，當然不是這樣……。（有些著急的）我只不過是擔心你的功課，你學校的課業。

Dream：（不屑地）課業，什麼課業呀！告訴你，課本裡講的都是假的。

詩　人：（若有所思）嗯！很有意思，可是，我看，你的漫畫不是更「假」了嗎？

Dream：錯了，你錯了。漫畫裡想像的角色啊，情節啊，才是最真實的……。因為……。

詩　人：因為什麼？

Dream：因為我們活在一個假的，又或者像我漫畫裡說的，我們統統活在一個虛偽的世界中。

詩　人：這麼說，我寫的詩裡的想像世界都是真實的囉！這真讓我們這些孤寂的詩人詩興大發。

Dream：你高興就好！現在你不再寂寞了，換成我漫畫中說的：詩人的靈魂不再潮溼了。所以，你可以將傘收起來了吧！

（詩人將手中的傘稍稍挪開，仰起頭來看夜空。突然，歇斯底里地將傘撐回，狀似驚惶地。）

詩　人：不！不能將黑傘收起來！你看到沒，遠遠的天空，

在記憶的天空裡。喔！愈來愈近了。一滴滴黑色的
雨，從天空降下來，串連成一道道雨流，劈哩啪啦
地倒下來，像從天空的大墳墓裡流出來的黑色的血
水；從記憶的夜風中飄下的黑雨。

Dream：嗯，真是太真實了。但這一切都只不過是你想像的
吧了！你看，他們都闖進你的想像世界了！

第九場　核爆之舞

（沈惠和小紅在詩人的想像世界中成了核爆的受難者。
音樂聲中，她們展開一場核爆的身體動作，而Lela站在
一片平台上。此時，在月台的上空，彷彿飄下黑雨。沈
惠和小紅一陣恐慌，在空間中扭動著肢體，緩緩走動。
鐘聲響起，沈惠和小紅都成了詩人想像中的人物。）

Lela：天空降下黑雨，在我們的記憶裡……。在記憶裡，我
是穿越隧道的風，很快的疾駛著，我想離開，卻被千
千萬萬條輻射線攔截在黑暗中。一陣強烈的熱流迅速
地遍布整座城市。光在空中刹那間爆裂開來……。後
來……（絕望地）

沈　惠：後來，我經常在夢中看見自己衝進一陣一陣的濃霧
中……。

小　紅：衝進霧中……。

Lela：在霧中，一個孩子鼓動著翅膀……繼續向前飛去…

……。

沈　惠：然而，母親的子宮卻在黑雨中爆裂了……。

小　紅：（訝然地）看來，我們的記憶之旅是搞砸了！連子宮都爆裂了，我們還能到那裡去？有誰會相信我們記憶的真實性呢？

沈　惠：不！那霧中的燈就在前方不遠了

Lela：我想，我們還是繼續等待吧！

小　紅：等待什麼？

Lela：或許，等待下一班列車，將我們帶往真實的記憶中。

小　紅：別做夢了。也許，搭上一班夢的列車，前往夢中去找尋，找尋……。

沈　惠：找尋記憶的燈……。

Lela：找尋雪地裡藏在冰雕中的預言。

（陌生人從酒醉中醒來，提起三弦琴，以雲南打歌的唱調頌七言詩。）

陌生人：炎炎烈火焰燒天
　　　　劫後餘生一朵蓮
　　　　到底永成根不壞
　　　　兄弟會上情義交

（朝Lela殷切地問）

你有沒有看到一個個子不高的男人，他是我的兄弟……手上拿著一張籤詩，劫難就要來了！你知道嗎？你不相信？

（Lela不語；沈惠在一旁不耐煩起來⋯⋯）

沈　惠：喂！你喃喃自語地在唸什麼呀！是不是受到什麼刺激，腦袋瓜燒壞了⋯⋯。

陌生人：（接話地）燒⋯⋯對，炎炎烈火焰燒天⋯⋯。

Lela：（不以為然地）什麼焰燒天，不燒天的⋯⋯。

小　紅：唉！他瘋了，不要理他⋯⋯。

陌生人：（嘲弄地）焰燒天，就是「轟」、「轟」、「轟」地飛彈射過來了啦！快逃呀！

（陌生人瘋狂似地躲避而去。Dream帶著詩人從黑雨的記憶中現身⋯⋯。）

詩　人：黑雨、黑雨、記憶中的黑雨。

小　紅：（驚懼地）我看到了，我看到了我的夢就在那邊，天空燒得像一片火海。

第十場　闖進夢中

（小紅朝著燈光漸漸亮起的遠方走去，招手要Lela和她一起去，但Lela只是靜靜地坐在平台上。另一側，沈惠提著皮箱好奇地跟在小紅的身後。Dream向他們揮手）

沈　惠：咦，那不是那個畫漫畫的女孩嗎？

Dream：你們怎麼會來？

小　紅：應該是我問你怎麼來的，你怎麼先問起我來了！這

是我的夢。是你闖進我的夢來的……。

Lela：等一下，等一下，你看後面還有一個撐著黑傘的中年
　　　人，看起來很眼熟，好像是……。

小　紅：喔，就是漫畫裡頭的那個詩人。

Lela：頭髮怎麼那麼少呢！

沈　惠：（從皮箱中取出一張紙來喃喃複頌著，在場中打轉……）
　　　「賢慧生子、絕不逃跑，大陸新娘30萬元」

小　紅：你忘了呀！在他的漫畫裡，因為……。

Dream：對了。從漫畫的第32格開始，詩人被「紅色孤獨」
　　　組織開除身分後，便陷入憂鬱中，一夜之間頭髮都
　　　掉光光了！

詩　人：你搞錯了，詩人的憂鬱不是被開除身分，而是苦惱
　　　於組織中那位經歷過流亡之苦的長輩，竟然也相信
　　　他是因不得志而出賣記憶的情報給敵方。

Dream：對，在我的漫畫裡，就連地下組織也被撒謊的信徒
　　　所滲透了。

Lela：小紅，你還記得嗎，我說過的，在風雪中的那座冰
　　　雕，一定和這個詩人有關。

小　紅：為什麼呢？

Dream：他憂鬱，因為他腦袋中有很多警察。

詩　人：一個個張開嘴巴吐出意識形態的口水，白色的，黃
　　　色的，綠色的，灰色的……，一寸寸地淹沒了他的
　　　書房……。淹沒了，溺斃了……。

小　紅：詩人，喂，我夢裡頭的詩人，你為什麼不告訴我，
　　　我如何才能從我溺斃的夢中真正醒來。

沈　惠：（感覺被包圍地）怎麼，這夢裡的霧愈來愈濃，愈來愈濃……爸。

（Dream拉著詩人的手臂欲導引他離去，卻意外發現手上在流血。詩人在頌詩聲音中倒地。）

詩　人：（錄音）記憶！記憶！我們竭盡所能地找尋記憶，記憶卻回過頭來吞噬我們，還張著血盆的大嘴，像是在嘲笑我們的徒然……。真實的記憶在那裡！如果，你仍然執意在那麼空虛的渴望裡，我只有這麼回答你了！在這月台的後方，原本有一條河流，一條凝結著厚厚一層層重金屬的河流，夜裡燃燒著廢五金的鬼火。從富裕國家運送來的廢電器堆積成垃圾一般的山丘，每當鬼火熊熊燃起時，便會聽到沙啞的悲歌，從河岸的遠方穿越黯淡的星空，低沉沉地傳來。喔！聽說是一個原住民的祭師，他用悲慘的吟唱哀悼著這條在憂傷中死去的河流。

（Dream捧著手上的血，朝Lela和小紅的方向掙扎地走去。詩人轉身就要離去，Lela突然若有所思地叫住詩人。一陣風雪彷彿從前方撲了過來……，將大家都覆蓋在風雪的夢境中）

Lela：（喊著）喂，你在垃圾山說的，到記憶的月台去，有一班列車會載我們去一個地方，那裡有一座冰雕，裡頭藏著……藏著什麼呀？

詩　人：藏著一首詩，就一首詩。

Lela：詩？裡面寫的是什麼？

（詩人收起手中的傘，風雪好似停歇了下來）

詩　人：喫人。就是「喫—人」這兩個字。

Lela：喫……人。（彷彿對著肚裡的胎兒說）

那是你要告訴我的事嗎？

那是我希望你睜開眼的瞬間所瞭解的事嗎？

我曾經聽說鮭魚每年很努力地逆流游向產卵地，在那裡，死亡與新生是同一瞬間的事。

這裡不是我們旅行的終點。

在這孤寂緊緊包圍的夜晚，讓我們在各自的夢中展開記憶的旅行吧！

在冰雪封閉的詩句中，數不盡的想像在溺斃中殘喘著復活的聲息。我們相互握手，聽見微弱的火車聲，正穿越層層黑暗的天空，衝破冷漠的，虛偽的現實世界。

（音樂聲響起，漸漸巨響起來，和演員的頌詩交疊）

第十一場　頌詩（月台上）

記憶已經死亡，

在真實的世界中……。

我聽見星星，

在黑暗的防空壕中呢喃。

迷失的腳步，踩過血流入河的溪床，

星光注視著殘喘的逃亡，

注視著，孩子迷路的亡魂。

旅行的人都已遠去，

活在各自的遺忘中：

僅剩孤寂的臉孔，

在黃昏時被任意遺棄。

風，被吞沒在風雪中。

一個披著白紗從遠方來的新娘，

她用幻想編織成的旅行，

被拋在無盡的隧道中。

或許，睡著的是醒來的夢，

在寂寥迷宮中溺斃的洋娃娃，

吐著泡沫，喃喃追憶，

青春少女易碎的身體，

以及，失落的寓言。

旅行的人都已遠去，

又或者，黑雨飄落。

淹沒爆裂的子宮。

詩人憂鬱的語言，

被放逐在封禁的旅途中。

記憶已經死亡，

唯獨夢與想像，

在月台上流轉。

至於，躊躇的吟唱聲，

仍在荒涼中焚燒。

第十二場　祭師的祈福

（燈光轉暗。祭師的吟唱聲愈來愈近。詩人回到角落，
翻閱《魯迅全集》。Lela、小紅回到翻倒的椅子旁，坐
下。Dream回到站牌底下，坐著。）

祭　師：（在儀式的動作中）地層猛裂地撞裂、撕裂著國度的
謊言，在這個月台上，記憶的列車，戴我前往預言
的終站，追尋另一片希望的土地。

（開場時相同的原住民口簧琴聲響起。Dream緩緩地抬
起頭來，望向天空。Lela、小紅也跟著將目光投注到天
空。）

小　紅：看！（指著天空）那是雪嗎？下雪了嗎？

Lela：嗯！看起來像是流星。對！就是流星。

Dream：（搖搖頭）不！是「阿媽」的預言……。

（天空撒下紅米，撒在祭師的前方。文爽匆忙地進場，
尾隨著阿根）

文　爽：預言，什麼預言……我好像聽見了誰說什麼「預言」
的……。

阿　根：（喃喃自語）戴奧辛……你說，（朝文爽）戴奧辛的
記憶在我的身體裡……。

文　爽：（朝祭司）我終於找到你了……告訴我，快告訴
我，你的破袋子裡到底藏什麼東西……可以幫我解
開籤詩裡的謎。

（祭師莫名地翻一翻破行囊，從裡頭找出一捆破卷軸；
文爽急忙地找阿根幫忙將卷軸攤直來。兩人細細地逐字
逐字細看了一回又一回……。在角落裡的詩人，頌讀起
《狂人日記》的片斷，恰也就是卷軸中的字義。）

詩　人：（頌讀地）我是被人喫了，可我也是喫人的人弟兄
啊！

（陌生人提著一只破燈籠，騎單車經過……。）

陌生人：（朝觀眾）喂！你有沒有看到我的弟兄啊！

（THE　END）

詩化的劇場──關於《記憶的月台》一戲

　　詩，是意象的流轉。當詩化的意象被搬上舞台時，流轉的除了角色互動之外，還有演員的身體。

　　從這樣的想法出發，我構思了《記憶的月台》這齣戲。

　　舞台上有一個站牌寫著「記憶」兩個字。為什麼是「記憶」呢？天底下有任何一個月台稱作「記憶」的嗎？我想沒有⋯⋯。但在詩化的想像領域中，一個稱作「記憶」的月台，卻徘徊著幾些邊緣人生的影子。當影子與影子之間對話時，映照的是真實生活的矛盾。

　　那麼，是誰的「記憶」呢？

　　「是民眾的記憶！」我心中這麼呢喃著！

　　我想起日本「野戰之月」劇團在台北都市邊境的華中橋下，搭起帳篷演出《出核害記》時，內心深處的湧動。

　　「野戰之月」的演出時空裡，充分流露著庶民生活的景象。從角色、歌唱、劇本、場景以至於泥濘的帳篷⋯⋯都緊緊地將我們扣在底層生命的流動中。

　　「然而，庶民已經死亡⋯⋯。」

　　「野戰之月」這麼訴說著，「因而，我們在野地裡復甦庶民的記憶。」

　　怎麼說「庶民已經死亡⋯⋯。」了呢？這是一種詩化的衍生。

　　意即：在高度的資本主義消費生活中，庶民已經在商品價值

的扭曲下，從生活中「異化」出去了。也因此，劇場在共同的勞作中復甦庶民的記憶，便成爲不可迴避的差事。因爲，透過記憶得以照見庶民生活的本質。

那麼，庶民記憶的眞相又是什麼呢？

我想起了魯迅的《狂人日記》。

《狂人日記》有一段這麼形容：「我翻開歷史一查，這歷史沒有年代，歪歪斜斜地每頁寫著『仁義道德』幾個字。我橫豎睡不著，仔細看了半頁，才從字縫裡看出字來，滿本都寫著兩個字是『喫人』……。」

就是這「喫人」兩個字，讓我明白爲什麼「野戰之月」會說：「庶民已經死亡……。」也讓我推開了追溯庶民記憶眞相的第一扇窗子。

在封建的世代裡，魯迅直指問題核心地說：「『喫人』就是泛稱仁義道德的虛僞禮教。那麼，在一個商品價值掛帥的社會中，『喫人』指的又是什麼呢？」

於是，我以詩的態度探索「喫人」的意象，免於落入道德批判的陷阱中。

我翻開隨身筆記，有一頁畫著一個荒涼的月台。月台上豎著一只站牌寫著：「記憶」兩個字。

我想，月台上日日夜夜都吹孤寂的風。風因孤寂而讓人產生被吞噬的感覺，這樣便有第一個角色。她像風一般旅行，但旅行並非出於自願，而是一場買賣式的婚姻……。

她被一種商品價值下的婚姻給吞噬了！

那麼，假設月台變成碼頭呢？碼頭是航行的起點，溢滿著起伏的海水，水能將旅人送往遠方，卻也能將人溺斃……。這樣，

一個對水充滿幻想的女孩，她如何在性商品化的市場中溺斃的遭遇，成了另一椿詩的意象，也成了另一個角色誕生的原初構想！

　　還有呢？夢就是一場遙遠的旅行。但一個編織夢想的女孩，卻因爲一場戰爭的惡夢，讓她死後的靈魂仍然歷經流離之苦……。

　　之後，有一個詩人出現的月台上。他說：「我們竭盡所能地找尋記憶，記憶卻回過頭來吞噬我們，還張著血盆的大嘴，像是在嘲笑我們的徒然……。」

　　那麼，庶民記憶的眞相是什麼呢？或許便是：

風被風吞噬

水被水溺斃

而夢呢？夢被夢所淹沒

　　這是一齣以詩的意象出發形構而成的戲……。它凝視現實，卻迴避現實主義手法下不可迴避的「移情」功能。

　　它以詩的眞實訴說一個喫人世界的種種面向。這也就是爲什麼劇中的一個原住民祭師會在一場儀式中，頌著詩說：

地層猛烈撞擊

撕毀國度的謊言

在這個月台上

記憶的列車

載我前往預言的終站

追尋另一片希望的土地

　　這麼說吧！是劇場經由詩的態度在逼近現實，以及現實背後的記憶。

海上旅館

演出說明

　　本劇先於夏天的夜晚，在差事小劇場窄小的空間中演出。舞台設計陳憶玲與燈光設計郭孟寬的創意，為原本僅僅是一只黑盒子的室內小劇場，延展性地衍生出令人意外的時空感。排練時，日籍大提琴手坂本弘道，遠從東京趕來，他的提琴中揚上了一層舞台空間裡四處瀰漫的沙塵。這對於樂器而言，肯定是無法彌補的折損；但對於像坂本這樣的提琴手而言，卻是另一番令他震奮的經驗。因為，他一直認為：握在手上的提琴，是他fighting的對象。

　　同年冬天，劇團又到廣島的 "Abierto" 餐廳演出本劇。邀請我們前往的中山幸雄先生，在瀕臨下雪邊緣的凍寒中，一方面表達了他的熱情，又同時陷進某種難言的孤絕狀態中。這一回，在廣島的空間中，舞台意圖朝高度發展，卻受到種種美學上的阻隔……。當然，逐一在宗仁、阿賢和設計者的苦思下，撥雲見日。廣島版的演出，加入了「旅行之女」的角色，由資深團員李薇飾演，她在台前的演出，令人睜亮凝神的雙眼；到了後台，則忙於撫慰尚在襁褓中的兒子。狀若不同的兩人。

　　本劇未選用在廣島 "Abierto" 餐廳中演出的版本。理由是「旅行之女」以角色的身分將劇中的情境帶往一個既遙遠又接近的時空中；有時，劇場中發生的情景，可以超越文字書寫的劇本，衍生出獨立自主的生命來……。就讓「旅行之女」超越於文字書寫之外吧！

人物：詩人、詩人的另一個自己、演員甲、演員乙、演員丙、Leata。

序場

　　　　（戶外，像是島嶼南方邊境的海灘，枯枝四散……。灘岸上鋪著碎石。詩人坐在圍牆上，望向天空，喃喃頌詩。詩人的另一個自己，從地下走出來，手裡拿著一支火把。）

詩　人：（喃喃自語地頌詩）

　　　　我的流亡，目睹私心飽漲的水

　　　　土石流，氾濫星光下的島

　　　　我的流亡，如一頁災區的日誌

　　　　被焚熱的風

　　　　吹落

　　　　斷層

　　　　（詩人躺下身來夢境發生……。「西塔琴音樂聲漸響」，望見從地下出現的另一個自己。詩人站起身來。）

詩　人：（沉思地）如果，我可以選擇自己的夢境。我希望和記憶中的另一個自己對話……。

詩人的另一個自己（以下稱自己）：我準時來到你的夢中……

　　　　　　　　　　　　　　　　　為了不讓你失望，我帶了

你最需要的東西來……。

詩　人：（驚訝中帶些欣喜）我最需要的東西，是什麼？（兩
　　　　手一攤，空空的兩手。西塔琴音樂聲漸漸歇止）

詩　人：你兩手空空的，卻又說帶了我需要的東西來給我，
　　　　（攀在一條繩索上，緩緩滑了下來。）該不會和上回一
　　　　樣吧！

自　己：和上回一樣，是那一回？發生了什麼事？我給你帶
　　　　了什麼東西來呢？我……忘……了！

詩　人：地圖呀！你忘了嗎？那時，你兩手像現在這樣一
　　　　攤，整個刑場都被飛天蓋地的灰塵給遮得喘不過氣
　　　　來。

自　己：（困惑地）什麼，你說什麼地圖……。（睜大眼）還
　　　　有……刑場……這是什麼樣的夢境呢？

詩　人：我明白了。

自　己：明白什麼？

詩　人：被夢見的人比做夢的人更健忘……。

自　己：這就算是明白了嗎？

詩　人：還要怎樣呢！你有些麻煩，我一直覺得你有一些麻
　　　　煩。

自　己：明白了是「麻煩」，為何還要來找我呢？

詩　人：（學對方兩手一攤）因為……想要更明白……。

自　己：好吧！這是很難說明白的事情。言歸正題，地圖和
　　　　刑場是怎麼回事？

（詩人攀上繩索，自己隨後跟著攀上，坐在詩人身旁。）

詩　人：你忘了嗎？我們搭乘一部公車，坐在同一個窗口，轉頭一致望著外面的街景……。街景一寸一寸地……（詢問著對方）你想起來了嗎？

自　己：（從衣袋裡取出菸斗，恍然大悟）一寸一寸地融化……我想起來了……然後，有一個孩子在街道跑著，跑著……。

詩　人：他沿著一垛高高的灰牆喘著氣跑著，在牆的盡頭轉了個彎……便消失了……（欣然地）喔！你終於想起來了。

自　己：然後是槍聲……我想起來了……。我們見面之前，我在一處廢棄的檔案室裡待了幾天幾夜，為了找尋那張……。

詩　人：白色的島嶼地圖……夢境在時空中穿來穿去……你的兩手沾滿秘密檔案的灰塵……兩手一攤……。

自　己：（點點頭）布滿灰塵的刑場，響起陣陣的槍聲……。

（詩人站起來，想要離去。）

自　己：你要走了嗎？那我也準備要消失了。

詩　人：怎麼樣，捨不得嗎？我得走了，準備等一下的即興練習……。

自　己：（若有所思）你是演員，我是你的角色……。

詩　人：（訝然）你說什麼……。

自　己：（自嘲地）我說，你是演員，我是跟著你消失的角色……。（突然想起）喔！你走之前，可不可以告訴

我，我上回帶了什麼你需要的東西要給你了。

詩　人：（回過身來，沉思半響）記憶吧！槍聲響起後，刑場
　　　　下起了傾盆的豪雨……。（西塔琴音樂聲漸漸響
　　　　起。）

自　己：白色的島嶼地圖浮著，在染著血的雨中，像一具孤
　　　　舟。

詩　人：或者是……棺木，在記憶的海洋中……。

自　己：流亡。你很想這麼形容，對吧！（點燃了手中的煙斗）
　　　　別忙著從自己的夢境中脫身……。這就是我給你帶
　　　　來的東西。

詩　人：（驚訝地）東……西，你說流亡是一種東西嗎？

自　己：怎麼樣？你覺得不夠具體嗎？

詩　人：（不可思議地）怎麼說呢？我很想將這「流亡」的意
　　　　象放進等一下的即興練習中。

自　己：所以，你需要更具體的東西來支持你的想像力，是
　　　　吧！（從口袋掏出一張皺皺的紙出來，交給對方）這
　　　　應該更具體些吧！

詩　人：海－上－旅－館。

自　己：嗯！一種意象。

第一場　孤舟荒夜

（劇場裡一片漆暗。靠觀眾席這邊停著一只形狀像是棺
木的孤舟，一根紅色蠟燭燃起微微的亮光。「海上旅館」
主題琴聲緩緩響起。
一塊小小的白布上映出沉默的影像：一個人在一頂帳篷
的劇場裡，以一條粗重的繩索拉起一具和現場的孤舟相
似的棺木……。影像中的人物，舉起手和手中的鞋子，
宣誓般地唱歌。
詩人從他隨身的帆布袋裡取出一本筆記本，靜默地翻著
……。劇場裡傳出筆記中的片斷文字……。主題琴聲漸
大，成爲詩人聲音的背景旋律。漂蕩而流離。）

詩人的聲音：或許，當眞如他所言，一切都開始於對災難的
想像罷！他說，帳篷是想像力的緊急避難所……
……當時，他的確是喝了些酒，高高的帳篷像浮
在夜空中的一頂幽浮……而我們就在這個土地
曾因地震而斷裂的小鎮裡，搭起帳篷，做著這
樣或那樣的即興表演……寒冷的12月天，一個
團員抱著她懷裡的嬰兒……小小的臉孔睜著亮
亮的眼睛，望著水籠頭裡流出來的鮮血，淋在
他流離失所的身體上……我們在追尋什麼？我
在窒息中詢問著自己……。

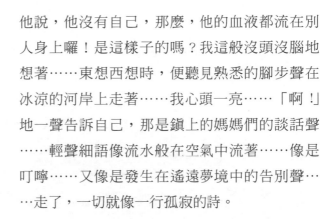

他說，他沒有自己，那麼，他的血液都流在別人身上囉！是這樣子的嗎？我這般沒頭沒腦地想著……東想西想時，便聽見熟悉的腳步聲在冰涼的河岸上走著……我心頭一亮……「啊！」地一聲告訴自己，那是鎮上的媽媽們的談話聲……輕聲細語像流水般在空氣中流著……像是叮嚀……又像是發生在遙遠夢境中的告別聲……走了，一切就像一行孤寂的詩。

（詩人收起筆記本，走進劇場裡，躺在那只像棺木的孤舟上。蠟燭燒著。劇場的另一端，一處隆起像一座小島的沙堆上，一個人蹲著，正打算點燃指縫間的紙菸，突而困惑地站起身來。這個人是演員甲……。）

演員甲：媽的，這不是夢罷！（提琴聲停頓。）

詩人的聲音：是記憶中的一個場景。

演員甲：（困惑）誰在說話……什麼記憶不記憶的……到底是誰的記憶呀！

詩人的聲音：拉我過去……。

演員甲：（更困惑地，四處張望）拉－你－過－來……你是誰？你在那裡？……。

詩人的聲音：（沉著地）是我……我……你認不出聲音來了嗎？

演員甲：（似懂非懂地）喔，是……你呀！你是……。

詩人的聲音：（些微的不耐）對啦！拉我過去。用你腳跟前的那條麻繩，將我從這邊拉過去……我們的即興

表演就這樣開始。

演員甲：（終於明白過來）喔！是你呀！你怎麼會躺在這棺材
裡呢？

（演員甲奮力地拉起腳底下的麻繩，將棺材般的孤舟往
沙堆這邊移動。曲式緩慢而帶些憂傷的提琴聲，隨著孤
舟響起。演員乙帶著一堆道具出場，場地弄得亂七八
糟）

演員乙：（試著各種道具）我不知道要作什麼，怎麼辦？

演員甲：不是都要結束了嗎！你怎麼還在煩惱要演什麼呀
（撿起地上的東西開始整理東西，自言自語）……怎麼
弄得這麼亂！……（撿到報紙）這個工作結束後，又
得找新工作了。

演員乙：我決定了！我要作天使！因為這裡不是曾經發生過
很大的災難嗎？這裡的人一定會需要有人給他們很
多的祝福，所以就需要一個天使！

演員甲：天使！祝福！你可以先給我一點祝福嗎？

演員乙：當然可以啊！你先說你需要什麼樣的祝福？

演員甲：祝福我趕快找到工作。

演員乙：好！那你準備好了喔！我今天要給你一個祝福！就
是……就是……。

演員甲：算了啦！（繼續收垃圾）我看你還是演赤裸的天使可
能比較有看頭。

演員乙：怎麼會這樣！我沒有辦法祝福你。難道，這只是表
演而已嗎？……（出場）

詩　人：（回頭）你也準備好了嗎？

演員甲：好了！我準備了釘槍、螺絲起子、鐵槌、鐵釘、各種尺寸的鐵絲……還有……。（匆忙地從一只工具袋中，將各式各樣的工具倒在地面上。）

演員甲：還有這柄磨輪……很管用的……。

詩　人：（訝異地）用來……。

演員甲：用來做舞台的啊！你忘了嗎？

（演員甲手裡握著磨輪在鐵管上磨出火花。變奏的提琴聲如噪音般徹響。詩人點起一把火炬插在孤舟上，幾近聲竭力嘶地頌詩獨白。）

詩　人：（獨白）遺忘是好的。我搭著孤寂的船，在夜暗的海域上浮浮沉沉，找尋靈魂得以靠近的岸邊。我發現了一座島嶼，遠遠地像在星光下燃起一支又一支照明的火炬。我呼喚著自己的名字，朝著火光閃爍的目標往前航行……竟發現眼前的一切都只不過是發生在無數個難眠夜晚裡的幻覺。

（詩人頌詩完，躺回孤舟中，演員甲急急忙將火炬打熄。提琴聲成為背景音樂。）

演員甲：（若有所思）這火太危險了！特別對這種經常喃喃自語的人來說，肯定會帶來不可預知的災難。（朝棺木）對吧！（調侃地）你唸的那些話真的是詩嗎？我一句都聽不懂。

（演員乙天真而興奮地衝出來。演員甲收拾東西，一旁
沉默地點菸，旁觀著。）

演員乙：你再讓我試一次好不好？

演員甲：我看你還是祝福他好了，你看他一下就死了。

演員乙：他是真的死了嗎？

演員甲：我也不知道，反正有的人很容易就死了，不過像
　　　　我，我是沒有那麼容易死的，我什麼工作都可以
　　　　做！再危險我也願意做！我會做到⋯⋯不死的！

演員乙：不死的！我真的希望可以給你這樣的祝福，那你就
　　　　不會那樣的辛苦了⋯⋯。

演員乙：因為你的角色就是「嘸頭路」⋯⋯失業者⋯⋯你覺
　　　　得怎麼樣。

演員甲：（無奈）那你剛才說的你的祝福呢！

演員乙：（驚醒）我知道了！我想要去蒐集，去像你這樣失
　　　　業的人身上蒐集，祝福的話，祝福的詩、祝福的歌
　　　　都在失去的人身上⋯⋯（匆忙地）快，一起走，在
　　　　這個斷層穿越地底的地上，有很多很多形容不完的
　　　　祝福。（拉著演員甲四處張望地狀似追尋什麼。）

演員甲：你剛剛說失去的人⋯⋯誰是失去的人⋯⋯什麼是失
　　　　去的人⋯⋯。

（兩人離場，靜寂。孤舟裡傳出詩人變調的歌聲。提琴
聲再度徹響）

詩人的歌聲：（提琴聲成背景）（變調的國際歌）Inter⋯⋯嘸頭

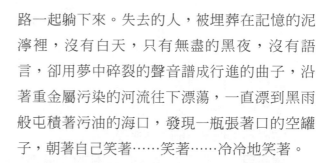

路一起躺下來。失去的人，被埋葬在記憶的泥濘裡，沒有白天，只有無盡的黑夜，沒有語言，卻用夢中碎裂的聲音譜成行進的曲子，沿著重金屬污染的河流往下漂蕩，一直漂到黑雨般屯積著污油的海口，發現一瓶張著口的空罐子，朝著自己笑著……笑著……冷冷地笑著。

（演員丙臉上矇著一塊長長的紅布，隨著音樂聲伸著摸索的雙手走出來，像在找什麼人。）

演員丙：（停頓時）Leata，是你嗎？（獨自地）進進又出出。走進門去，現實的困窘在你的眼前暴露無遺：倒塌的樑柱，散碎成瓦屑的伙房，沉坤在地底卻永遠醒不過來的記憶；走出門去，另一個時空下的身影，在暗夜裡徘徊。Leata，是你嗎？

（演員丙尋找著工作日誌，懸掛著道具。詩人從孤舟裡探出頭來，他的腰上繫著一條麻繩，手上撐著一把黑傘。）

詩　人：我夢見自己投宿在國境外的一艘船上。我登上船去的那個夜晚，海水洶湧地拍打著甲板，我彷彿望見離散多時的友人，在燈下以酒精清洗他靈魂中的油污，他乾枯的背脊，在層層壓擠和剝削下，泛著鬼火般的燐光。他沉默著，我再走近身一看，竟發現那只不過是空空洞洞的影子。我抬頭，於是夢見星光，明明滅滅的星光，像是流亡在天空的腳印……

我醒不過來，一直很難醒過來。

（演員丙翻著手中的田野日誌。彷彿聽見詩人的聲音。逐漸站起，手中捧著筆記本。）

演員丙：（慌張地）我必須找個地方靜下來，好好整理災區的工作日誌，整理媽媽們的一言一行。這是我的角色需要的台詞。

（詩人撐著手中的黑傘，彷彿被狂風吹著。）

詩　人：（用手指框出一個鏡頭）你的這身裝扮，像是剛剛參加完一場婚禮……。你的角色和婚禮有關嗎？

演員丙：（自忖著）有些關係……又好像沒有關係……。這麼說好了，我在這地震災區的工作日誌，和受訪者的婚禮有關。她們是一群戲劇班的媽媽，經常回想起年輕時從外地嫁到這裡來的情景。

詩　人：婚禮通常有鞭炮、熟悉的笑聲和喜宴。但我怎麼感覺你的這身形象有某種說不上來的……怎麼說呢？

演員丙：你是說悲傷嗎？

詩　人：嗯……也不是悲傷。而是一種……「離散」的感覺。

演員丙：離散……我分辨不清楚……。你一定要搞清楚嗎？

詩　人：我想是吧！既然是上台來即興扮演，就免不了要將角色的形象搞清楚。（踱著步，俄項後，回過頭來。）你相信想像力的作用嗎？

演員丙：你是指……。

詩　人：我是指角色的想像力。就像你現在這樣，像是參加了一場婚禮，這「婚禮」和現實上發生過的狀況幾乎完全不相同。

演員丙：或許，這就是我的角色的重點罷！（蹲下身來，音樂聲響起）地震過後不久，有一回，我經過一幢倒塌的老房子，遠遠地，望見一個婦人蹲在一片斜斜的簷瓦下，手裡端著一碗飯……。（模仿想像中的婦人）她表面上看起來，好像很安心地吃著，但我卻從她的眼神裡看到了一種很深很深的孤獨。

詩　人：（兀自地）流離失所的孤獨嗎？這是你想形容的嗎？

演員丙：今天下午，我在準備角色時，因為太累了，就躺下去睡著了。（睜大眼睛，站起身來瞭望）然後，我做了一個夢，夢見自己站在一具竹筏上，遠遠地，有鞭炮聲響起，是一場婚禮在河岸上熱熱鬧鬧地舉行著……（驚懼著）沒想……。

詩　人：（好奇地）沒想怎樣？

演員丙：（沉重地垂著頭）沒想，剎那間，聲音不見了，景象不見了……河岸上僅剩下一個又一個零亂的腳印……。

詩　人：真是一個殘酷的週末下午……。前面是現實。後面是想像。現實轉成想像時，世界就變得殘酷起來。

演員丙：我想，這也許就是我們走上舞台的原因吧！

詩　人：我看過一部電影裡有一場婚禮，隔著一條邊境的河流，無聲無息地舉……（凝視前方）真是再殘酷也沒

　有了！

演員丙：（跟著凝視前方）我想，我看到Leata了！她就站在
　　　　那邊境的河岸上。

詩　人：Leata，你剛剛說的Leata是你的角色嗎？她站在遠遠
　　　　的……霧起的……邊境的河岸上……。

演員丙：（搖頭）也不全然是……（點頭）有些時候是……我
　　　　的角色經常會看到她……而她又走進我的角色裡。

詩　人：你的角色和我一樣在尋找適合的位置。

演員丙：所以呢？我角色的位置是什麼？（變奏的提琴聲響起
　　　　愈來愈為劇烈，詩人將手中的繩索的另一端拋向演員
　　　　丙，兩人相互拉扯著。）

詩　人：邊緣……。（提琴聲漸漸停止而中挫）

演員丙：邊緣……。像我這樣……（放下繩索，拾起地上的二
　　　　弦）我已經在邊緣待得很久很久了。

詩　人：很久很久了嗎？多久……幾個世紀……幾千年了…
　　　　…。

演員丙：（啞然失笑）不！就幾年，已經覺得很久了。

詩　人：你都在邊緣做什麼？（拉起手中的二弦）

演員丙：（想一想）我想就是跟這古老的曲調遊走，想找位
　　　　置好好坐下來……低低的位置……不顯眼，但和
　　　　人，平凡的人，安安靜靜坐在一起。

詩　人：這時你會彷彿像似看到她……Leata……看到Leata
　　　　嗎？

演員丙：（驚覺）不！是她走向我……走向我的想像裡，然
　　　　後……（說不下去）

詩　人：然後呢？

演員丙：（吐了口氣）該怎麼形容呢？就說是住在我的血液裡吧！

詩　人：住―下―來―了！

演員丙：有些時候，她會不斷和我說話，講我聽不懂的話。但，我很清楚她要說什麼⋯⋯她要說⋯⋯。

詩　人：（打斷）很久了！像你在邊緣那樣久了嗎？

演員丙：一切都從那只破裂的水缸開始的⋯⋯。（兀自的）鎮上的媽媽說，天搖地動的那個子夜，放在櫃子裡的那只水缸是大幅度的左晃右晃，然後，就倒了下來。水一寸寸地溢在地上，那位媽媽，她暈了過去就躺在水流中。（激動地）醒來後，她躺在冰冷的身體旁，她的臉上蓋了一塊布，人家以為她死了⋯⋯（抽搐的）但，她還活著⋯⋯她說，躺著時，她做了一個惡夢⋯⋯那水都變成了血。

詩　人：（冷靜地）那血流進你的身體，我說，是Leata的血⋯⋯。

演員丙：（驚慌地站起來）這些都記在我的日記本裡。

詩　人：Leata呢？（望著地上的另一本）她對你說的話都記在另一本她的日記裡嗎？

（詩人前去拾起地上的那本圖繪日誌翻閱。Leata的幻燈片映在幕上。演員丙吟唱起古調的七言詩。吟罷。恢復靜寂。）

詩　人：（驚聞）你聽見了嗎？

演員丙：聽見了什麼……。

詩　人：腳步聲……。像滾過遠遠的天空……的悶雷。

演員丙：像天搖地動的聲音……，（凝神）不，像碾過草叢
　　　　的戰車履帶……。

詩　人：搖晃著……天空搖晃著……。

演員丙：地也搖晃……。連人搖晃著，在槍口下顫動著雙腳
　　　　……啊！他們將Leata押走了……那些在陰暗裡狂笑
　　　　的皇軍。

詩　人：（舉起手）我想是狂烈的風雨，就要從外海來襲…
　　　　…我是這樣子臆測。（踏進孤舟中）我得先走了。
　　　　（想走，又留下來）

演員丙：那是Leata的血，從她的私處汩汩地流出來。沿著大
　　　　腿一寸一寸地淌流下來……。（激動地）你們……
　　　　你們到底還要怎樣……。走開……（推著空氣中見不
　　　　著的人）……走開。（漸漸意識到自己轉化成Leata的
　　　　過程。）

詩　人：（專注地望著）Leata......。

演員丙：嗯！Leata。在我血液深處的災難。

　　　　（演員甲衝進來時，手上拿著一本《台灣論》的漫畫。）

演員甲：（慌張地拉住詩人）喂―喂―喂，他們說要把這本漫
　　　　畫給燒了，就在街上，太嚴重了吧！太嚴重了，也
　　　　太不實際了。這怎麼可能被燒掉呢？對不對（看著
　　　　Leata）

（詩人想說話。卻被演員甲所制止。）

演員甲：（繼續說）我知道，我知道你要說什麼……。這就是你常掛在嘴巴上的記憶呀！記憶是燒不完的……。只會不斷在黑暗的角落長大……長大……再長大。除非，我們吃掉它……。（撕下一頁又一頁的漫畫，填滿嘴巴，又吐出來。）再將它……吐一出一來。

詩　人：（有些驚訝）這是你要即興的片斷嗎？

演員甲：對呀！這是我的角色呀！失業久了，肚子會餓，餓了想吃東西……。吃了又全部吐出來……，再也沒有比這更真實的絕食抗議了。

（演員丙轉化成Leata，她的情緒是可辨的……。先是將長長的紅巾繫在演員甲的頭上，像似憂傷而悲痛地說……）

演員丙：Ba　Yan　Sa　Le　Na　Si　Li　ta　Li　ko　ma
　　　　Ba　Yan　Sa　Le　Na　Si　Li　ta　Li　ko　ma

（演員丙推著演員甲出場）

詩　人：但是Leata呢？像這樣的慰安婦在他們的漫畫裡，都成為沒有聲音的女人了！

第二場　海上旅館

（換場時，布幕上映出「孤寂之海」的影像。一艘船浮在碼頭外的近海處，那是「海上旅館」，詩人將孤舟推出。提琴家坂本弘道的獨奏……。換裝後的演員乙卸去原本揹在肩上的翅膀。背對著觀眾，她專注地坐在一塊平台上，晃動懸在半空中的一雙小腿。她望著遠遠的地方……哼著歌。演員甲匆忙地跑了進來。）

演員甲：（喃喃自語地）好……就這麼決定好了。我的角色就是嘸頭路……就是失業的勞工。（自鳴得意）反正這也蠻有意思的……我的意思是說，和我的處境蠻相似的。（演員乙不語。轉過身，從平台站起來，看著自說自話的演員甲。）

演員乙：真的，已經決定了嗎？都準備好了嗎？

演員甲：（抬頭）……你怎麼在這裡。嚇了我一跳。

演員乙：我在這裡準備很久了啊！我……。

（話被打斷時，手摸在泛著亮光的肚子上。觀眾這時發現演員乙穿著一件白紗，肚子裡點著一只像似胎兒形狀的燈籠。）

演員甲：你的翅膀呢？原本你說你的角色是天使。（些許失望）還說，要給我這失業勞工帶來祝福的。看來，

你都忘了。

演員乙：（天真地笑了）沒有忘……怎麼可能會忘呢？只是，為了讓我的感覺更真實，我改變了想法。

演員甲：（雙手捧著磨輪）那……我……。

演員乙：（笑得更天真了）你還是演你的「嘸—頭—路」啊！

演員甲：那麼，祝福呢？你打算給我什麼樣的祝福？

演員乙：現在，我不是天使了。祝福的語言都蒸發到空氣中了。但，你看……（指著自己發光的肚子）我現在是媽媽，肚子會發光的媽媽……祝福……。

（在原住民祭儀音樂中，輕輕踩著舞步；演員甲隨著起步。）

演員甲：對。祝福在那裡？祝福的話是什麼？

演員乙：謊言。（自言自語地）沒有感情的謊言。

演員甲：（好奇地）你說什麼？祝福的話是……謊言？

演員乙：聽得懂的都和祝福無關，都是謊言……。（解釋地）我是說在這斷裂的地層上，日日夜夜都從城市裡輸送來飄著腐朽味道的謊言。

演員甲：（靈機一動）我懂了。因為天使會在空中撒播祝福，卻永遠不會將祝福變成果園的種籽，所以，你不想繼續扮演天使的角色了。我這樣講，你覺得有意思嗎？

演員乙：有意思。很接近我心中想傳達的寓言。祝福只存在於想像的比喻之中……。摸得到的世界都是由謊言組合而成的。

（演員甲收拾著地上的工具，打算離去。）

演員乙：你要去那裡？

演員甲：我……。

演員乙：找工作……。

演員甲：不！在我想，我的角色就是沒有了工作才找到了自己的自由。

演員乙：我懂。那你去那裡？

演員甲：找尋祝福啊！剛剛我蹲在暮色裡安裝舞台上的那道輪軌，忽而便聽到火車轟隆隆地在地下狂奔急馳的聲音。我好像遠遠地就看到了另一個自己，在另一個時空裡，和一群頭上繫著紅巾，腰上插著亮刀的夥伴，正打算前往……。

演員乙：他們也需要祝福？

演員甲：當然。他們是朝廷的叛徒，就要來這斷層帶不遠的阿罩霧，找那投靠清廷的將軍報仇的啊！

演員乙：你是說，他們搞革命，要造反。在另一個時空裡，你也參加了……。嗯！再繼續這樣下去，你把時空都搞砸了。

演員甲：（指對方的肚子）你不也一樣嗎？要不然，怎麼有肚子會發光的孕婦呢？

演員乙：（得意地）也是啦！

（演員甲離場。演員丙雙手被一套手銬般的繩索給縛住，她出場時，在音樂聲中跳著夜暗的舞。）

演員乙：（興奮地）你常常來這裡，又和經歷過地震的媽媽
　　　　們組劇團，四處去演戲。我問你，你看過像我這樣
　　　　肚子會發光的媽媽嗎？

演員丙：（停止舞步）我很悲傷，沒見到肚子發光的媽媽，卻
　　　　真的看到她們靈魂深處的光。

演員乙：這麼說，你剛剛跳舞時，心裡頭也映著她們的光
　　　　囉！

演員丙：（遲疑）但光是閃爍的，明明滅滅，這時，我就聽
　　　　見了Leata痛苦的呻吟聲。

演員乙：Lea……ta是誰？你的朋友嗎？住在那裡？

演員丙：（舉起被縛住的雙手）住在我的血液裡……。像現
　　　　在，我就是她，後面跟著一群像惡狼一般的皇軍，
　　　　用槍口指著我，押我到家鄉那座被炸彈炸毀的教堂
　　　　裡……。（泣不成聲）

演員乙：（關心地）他們……。

演員丙：（點頭）嗯！就在斷一成一碎一片的主耶穌神像
　　　　前，撕破我的衣服……。輪流地……像野獸一般…
　　　　…（喘息著）比野獸都不如。

演員乙：這是你的角色……。同樣需要我的祝福。但這裡有
　　　　太多的謊言了。

演員丙：靈魂掉進斷裂的地縫裡，等待光。

演員乙：我的祝福是在這個時空裡陪伴你，等待光。我想。
　　　　（一線光柱下，詩人推著孤舟出現。演員丙往孤舟的方
　　　　向前去。）

演員乙：（喚著）你往那裡去？

演員丙：Leata說這裡有太多的謠言，她要搭著飄搖的孤舟到
海上旅館去。

演員乙：（朝觀眾）這純屬寓言罷！海上旅館是給大陸漁工
住的旅館。Leata去那兒只有更加深離鄉背景的漂泊
感！

（詩人從孤舟裡撿起一張被浸濕的紙。紙上寫了一首
詩。詩人朗頌。）

詩　人：（朗頌）
　　　　在小小的港口外面
　　　　一個自治的堡壘
　　　　大大的家庭，小小的政府
　　　　被摒除在一種自恃的制度外面
　　　　在一種不確定的主權上，載浮載沉。

演員丙：Leata是我。我和劇團的夥伴們在一個地殼劇烈震盪
的斷層帶上遊走著，因為漫遊久了，便興起了流亡
的念頭，我們在家鄉流亡，久了竟然想在國境外的
漂浮中找尋歸宿。（鬆脫手上的繩子）這真是一種說
不清楚的想像力在作祟。

詩　人：（取出一只羅盤）Leata，你真的想到海上旅館去
嗎？

演員丙：嗯！（左顧右盼）我想依Leata的處境而言，她會很
想去……因為……。

演員乙：因為，她是住在你身體裡的一個角色。就像天使原
本在我的身體裡，現在，我改變主意走進了傳說的

世界裡。

詩　人：（兀自地）傳說對現實有什麼作用嗎？

演員乙：我實在不清楚，也不想搞清楚。就好比我搞不清楚
　　　　為什麼要到這發生過地震的地方來，又憑空搞出了
　　　　一個「海上旅館」的地方來……。

詩　人：但是，想像力……。

演員丙：對。說不清楚的想像力在你的身體內作祟。

演員乙：（晃來晃去）坦白說，這樣子好玩嗎？（朝觀眾）觀
　　　　眾搞得清楚我們要幹什麼嗎？

　　　　（詩人手中的羅盤彷彿產生了某種引力，將他吸著四處
　　　　遊蕩，演員丙隨著詩人手中的羅盤，在彷如海洋的陸地
　　　　上漂泊。）

演員乙：（手捧著肚子）喂！你們要到那裡去？（若有所思）
　　　　要……流到那裡去？（恍然地）這又是另一種想像
　　　　力在作祟嗎？

詩　人：我想是吧！先是一場災難發生在現實的家鄉；然後
　　　　是夢境中，一艘漂蕩在海上的孤舟……。最後呢？

演員丙：（漂蕩的肢體動作）就依著角色的內心狀況，憑空想
　　　　像出一座在碼頭外浮浮沉沉的海上旅館。

　　　　（詩人邀請演員丙登上孤舟。兩人坐著，望向遠方，不
　　　　動。）

詩　人：（沉思）Leata，你回家了。（撐起一把黑傘）

演員丙：嗯……是吧！

（孤舟上的燈光漸漸暗了下來。浪潮聲來襲。演員甲拎
著一件黃色的雨衣進場。）

演員乙：（搗著鼻子）嗯……我怎麼會聞到一股汗臭味呢？

演員甲：汗臭味。（搔一搔腋下）難道真的是我嗎？嗯……果
　　　　真是我！（發現詩人和演員丙坐在孤舟上一動也不
　　　　動。好奇地近身瞧一瞧。）
　　　　現在，事情發展到什麼地步了？（歪著臉）他們兩
　　　　個怎麼坐在棺材上一動也不動呢？

演員乙：（拉著對方）看……前面……。

演員甲：前面……沒什麼啊。就幾顆觀眾的頭。

演員乙：再仔細看……有沒有一艘船，漂在藍藍的海洋上。

演員甲：（吃力地）沒有，真的就是……沒有。

演員乙：（揶揄地）哈……對呀！就是沒有。

演員甲：（些許不悅地）喔！那你是在開我的玩笑了！

演員乙：絕對不是，真的不是……。

演員甲：那……是……。

演員乙：（指孤舟的兩人）是……他們兩個人想像的一座海上
　　　　旅館。

演員甲：海－上－旅－館？在大海中漂來漂去，聽起來還滿
　　　　適合我這種人去看一看的，你說是吧！

（演員丙從孤舟裡站起身來。詩人隨後也站起來。）

演員丙：（雙手搗鼻）喔……真的很臭的汗臭味呢！

詩　人：很像海上旅館的味道。（好奇地）喂！你拿著那件

雨衣……又沒下雨……你要到那裡去？

演員甲：我要去……下雨的地方。（調侃地）

詩　人：我懂了。何不讓你的角色前去那個想像中的海上旅館，有一場風雨正要來襲。

演員甲：不！不！不！我要活在現實的世界裡。在現實裡，我就是嘸頭路的失業者……我來打工，製作舞台……然後，我還要去找新的工作。

演員丙：那你剛剛爲什麼拿著那本漫畫跑出來……你是……。

演員甲：（辯解地）我是我自己啊！我只是看到你扮演Leata所以一時興起就摻了一腳。

詩　人：反正現在失業率愈來愈高，你又沒什麼特別的專長，像是畫暢銷漫畫或理直氣壯地……。

演員甲：理直氣壯……。對，我還有一些事尚未完成。我要理直氣壯地去完成……。（煞有介事地將拎在手上的雨衣穿起來）

演員丙：（狂亂地）Leata是我……我是Leata……Leata是我……。

（孤舟上的燈光暗。浪潮聲來襲。演員甲穿著雨衣進場。）

演員甲：（慌亂地）我想暴風雨就要來了。

演員乙：（好奇地）這是你新決定的角色嗎？這造型還蠻有感覺的。

演員甲：不是角色，是真的感覺自己活著……活在風雨交加

的現場。

演員乙：別鬧了！你在風雨中穿著一襲雨衣，到底想扮演什麼？

演員甲：水手吧！我想搭著船到一個稱作第三世界的碼頭去，據說，那裡有很多和我一樣需要重新活過來的人。

（黑暗中響起詩人的低吟聲，同時，有風雨交加的聲音襲來。）

詩人的聲音：歡迎來到海上旅館。

演員甲：是什麼聲音，我好像聽到有人在說話……。

演員乙：下雨了……（睜大眼睛）真的有暴風雨要來了。（詢問著）喔！你和你那幫另一個時空下的弟兄找到屬於你們的祝福了嗎？

演員甲：你真的要我說嗎？

演員乙：你以為我在玩笑嗎？（關切地）

演員甲：好吧！那我就告訴你。但你千萬不要吃驚，因為，因為角色不斷……。

演員乙：（接話）怎麼樣，難道你的角色又遇上了新的狀況。

演員甲：告訴你，不是角色，而是真的，實在很抱歉，請原諒我的追尋。（振奮地）眼前我看到的是：在一個風雨交加的山區，游擊隊和政府軍打完一場伏擊仗……（上氣不接下氣）政府軍有整整一連那麼多人，卻被游擊隊逐一包抄瓦解了……。夜裡，那個滿臉

鬍子，神情像極了耶穌的游擊英雄，在星光下對戰士們朗頌了一句又一句的詩。（沉著）什麼……「你那勇敢的船長的小小遺體」。

演員乙：我懂了，這又是另一個時空底下的狀態了，爲什麼你串來串去不是革命，就是造反的呢！

演員甲：我不想搞清楚。反正就如你說的，摸得到的世界都是……。

演員乙：對。謊言……只要觀眾不反對，我還要繼續想像下去……。讓真實浮沉在想像的世界中。

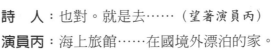

（孤舟上的燈光再次亮起。演員丙撐著黑傘，輕聲喚著
Leata......Leata）

詩　人：這麼說，你遇上那個古巴的游擊英雄了！總算不虛此行，你準備好了嗎？

演員甲：我搞混了！

演員丙：（兀自地）在嘸頭路的斷層上……。

詩　人：（兀自地）在玻利維亞的山區。

演員甲：（兀自地）在地底下的列車裡……。

演員乙：（反應地）和造反的弟兄磨亮手上的刀……一切都混了，一切都需要重新活過一次。

詩　人：（狂笑）準備好了，就拉我們過去吧！

演員甲：這一回是拉你們去那裡呢？我得先搞清楚再行動。

詩　人：也對。就是去……（望著演員丙）

演員丙：海上旅館……在國境外漂泊的家。

（四個演員合唱「海上旅館」之歌。銀幕上映出「海上
旅館」上的紀錄影像。）

游魂浮沉夜海上	荒夜漂著一孤舟
找尋靠岸的歸宿	載動無聲的影子
漂泊就在島嶼外	國境外的風雨中
像似流亡的星星	燃燒孤寂的火焰
流離霧海的弟兄	海上旅館風飄搖
追尋自己的時空	海上旅館雨交加
日日夜夜的等候	海上旅館夜色深
築起海上的堡壘	海上旅館一盞燈

（狂霧中，孤舟被拉在半空中懸盪著。演員離場。俄
頃，詩人從一池血水中冒出來，手裡拎著一只人頭。）

詩　人：（漠然）攜帶著自己靈魂的頭，在這彷如荒漠般的
海上漂流，沒有人聲，沒有人影，只有死亡的氣息
在霧中瀰漫著。（朝著手上的人頭）喂！兄弟，你感
受到這個國境以外的孤獨了嗎？但，據說這就是你
在天涯的歸宿。住宿嗎？還是休息呢？這海上旅館
浮沉著游魂的身影，兄弟，你看見了嗎？那島嶼上
亮起一盞向晚的燈，多麼像是對你升起了告別的旗
幟。

（張望）該說的都說盡了！肚子餓了，來碗飯吧！

（演員丙裝扮成Leata的模樣出場。手裡端了兩碗飯，一

碗給了詩人。兩人蹲下來嚥著飯。演員乙挺著肚子裡的
光出場，給兩人的身體抹上鹽巴。）

詩　人：（頌詩地）不安的海域。

Leata：（頌詩地）漂泊的國境……一口飯……。

詩　人：（頌詩地）流亡者的飯。

（演員乙攀上高處，嚥著像是臍帶的一條紅布，之後嘔
吐出來。）

演員乙：我登上高山去尋找福爾摩沙的傳說，一個臉上刺青
的阿媽賜給我一袋鹽，說是對這島嶼的祝福。從那
時起，我懷了這個會發光的胎兒……。（撫著肚子）
我在風雪中聽見傳說裡的「阿媽」對我說：千萬年
前，洪水來犯，淹沒了整座島嶼，婦人登上玉山的
頂峰，她肚子裡的胎兒發著光，將洪水給驅趕到遙
遠的海水裡……。（站起身來，朝詩人與Leata招手）
喂！該回家了！該回家了！雖然這只是寓言，但是
夠讓你們找到理由回到岸上來吧！

（詩人走向那池血水，高唱「International,就一定要實現」
而後躺回水池漂泊著；Leata攀上高處，脫去衣裳轉化
成演員丙）

演員丙：他在甩什麼？他說，是他靈魂的頭！你們呢？你們
的靈魂也有這麼一顆孤寂的頭嗎？你們的靈魂也和
他一樣流亡嗎？為什麼是流亡呢？大家忙著張著口

說「認同」時，為什麼妳們的精神在流亡呢？喂！
你的靈魂想去嘗嘗海上旅館的風雨嗎？

（燈漸暗）

戲外一場　巴黎公社

（演員甲從黑暗中點著蠟燭走出來，點亮一只店招寫著
「巴黎公社」四個字。他將舞台上的道具逐一收拾到一
只道具箱中。）

演員甲：（無奈地）我必須回到現實來，才能重新活過一
回。（褲袋中的手機響起）喂！這是巴黎公社嗎？我
來應徵吧台的工作……。（突然一束手電筒的燈射在
臉上，舉手遮蔽光源。）

（對著手機應答著）喔！向左轉，再向左轉，再向左
轉，再向左轉……。什麼……你說什麼……（複述
著話筒那邊的話）巴黎公社的宣言……嗯……（答不
上來）什麼，脫……。（依著電話那頭的指示，將身
上的衣脫去，換成船工的打扮：一條短褲，肩上披著一
條毛巾。）

（手機緊附在耳朵旁）什麼……海上旅館，我的工作
在海上旅館……。（搖搖頭）我考慮看看好了……
（舉手）再見。（音樂聲響起。燈暗。終。）

終場

（詩人推著孤舟出場，孤舟前沿插著一支火炬。詩人的
另一個自己從孤舟中站起身來，撣一撣衣服上的枯葉。
西塔琴音樂聲漸響……而後歇止）

自　己：（乾笑著）如果，我可以選擇自己的夢境，我希望
　　　　我是演員，不是角色……嗯……。

詩　人：（揶揄地）這个可能，是你來我的夢境報到，不是
　　　　我到你的夢中報到。

自　己：（些許無奈地）喔……。

詩　人：（關切地）但是，我倒想知道為什麼你不喜歡扮演
　　　　我夢裡的角色。

自　己：（左思右想）因為……因為，消失是痛苦的，你消
　　　　失，我就得跟著消失……。許多記憶也被迫要消
　　　　失，在這個島嶼上。

詩　人：我雖然常常覺得你有些麻煩，但，畢竟你還是完成
　　　　了到我夢裡來的差事。

自　己：喔……（湊過身來）這怎麼說呢？

詩　人：流亡就是消失啊！我們今天的即興練習全都集中在
　　　　流亡的想像上……。（聳聳肩）你的消失，驗證了
　　　　想像的能量。

自　己：如果……（久久不語）

詩　人：（慌了起來）如果什麼……你想說什麼……。

自　己：（望著遠方）你看，那是夜晚的海洋，海洋上有一輪
　　　　明月，漂浮的風從一望無際的遠方吹了過來……。
　　　　你感覺到了嗎？

（詩人彷彿沉緬在自己所想像的情境中。）

自　己：然後呢？你看到了什麼？你想像自己看到了什麼？

詩　人：（伸著頸子，專注地）嗯……我想……喔！不，應該
　　　　說我想像……是一座星光下的島嶼吧！

自　己：（得意地）星光下的島嶼，像乳房一般……。

詩　人：（驚訝地轉過頭來）喔……。

自　己：（肯定的）收容你流亡的腳蹤。

詩　人：（錯愕）什麼……你說什麼……收容我……。

自　己：對呀！難道不是嗎？一個流離失所的男人能有其他
　　　　的歸宿嗎？

（詩人有些錯愕地踏進孤舟。「自己」推動著詩人緩緩
　地漂蕩，提琴聲緩緩響起。孤舟靜止……。提琴聲戛然
　而止。）

自　己：如果……如果我先消失的話，你能接受嗎？

詩　人：不！不！這不是我能不能接受的問題……。而是，
　　　　這通常不是我做夢的狀態。更何況你說好了會準時
　　　　來報到的。這一切應該依順序來完成。

自　己：有順序就不是做夢了，更何況這一切都是為了想像
　　　　嘛！有什麼關係呢！

（「自己」拾起孤舟上的火把，逕自往地下方向前去，飲
一口酒，朝詩人敬酒。詩人楞在孤舟上，手中拿著酒杯
……「自己」朝火把噴了口火，縱聲笑起。詩人驚愕著
獨留場上……。提琴聲徹響……。）

詩　人：（吟哦著）島嶼般的乳房……收容我流亡者的腳。

（THE　END）

流亡之詩──海上旅館

　　好幾回，單純只是因為旅行的關係，在台東的富岡碼頭，和詩人詹澈佇立於海風中，凝視著陽光下閃著波光的浪濤。「通常都停在那一片海床上，浮浮沉沉……。遠遠地，看得見他們打赤膊的背脊和晃蕩在海洋中的臉孔。」詩人詹澈這麼說時，一隻指向碼頭外的手臂，像一桿在風中微微抖動的鐘擺。「但是，最近船是又出海或回大陸家鄉去了？不見任何蹤影。」

　　詩人像鐘擺的手指向一艘在碼頭外海上時而現身，時而消失的船。時間對這艘船而言，是一項不確定的元素。何時來？何時去？並不確定。就算來了，也不能靠在島嶼的岸上，親近島上人們的晨昏作息。人們給予這艘船一個既熟悉又遙遠得近似殘酷的名稱：「海上旅館」。

　　我站在波光粼粼的海平面前，雙腳踩在碼頭熱熱的柏油路面上，腦海中浮現著往返船艙和甲板之間的身影：他們是住宿在「海上旅館」的大陸漁工。等待島嶼的漁船出海時，便得以上船討

生活。在「海上旅館」的日子，他們就只是在漂蕩中等待。爲了一口飯而等待；爲了……改善日子而等待；爲了……賺些錢回家……而等待；總之，有一件事是再確定不過了：他們除非犯法，否則不得上岸。

　　碼頭上一陣強風來襲，將我不安的想像吹得不知去向。詩人像鐘擺的手臂握在方向盤上，送我離開碼頭，前去搭乘返回都市的飛機。短短的旅程中，我的腦海裡閃過一行詩：「像是在星空中流亡的腳印」。

　　我是說，我的靈魂漂蕩在「海上旅館」上，像是流亡星空的腳印。

　　不久後，詩人詹澈寄來一首《海上旅館》的詩，其中有幾行寫著：「在小小的港口外面／一個自治的堡壘／大大的家庭／小小的政府／被摒除在一種自恃的制度外面／在一種不確定的主權上，載浮載沉。」

　　詩人的詩，映現著他凝視現實的一種恣態。令人聯想起希臘電影詩人安哲羅普洛斯在《鸛鳥踟躕》電影中，那個單腳踩在邊境上，姿如鸛鳥的流亡者。

　　「海上旅館」在我的想像世界中漂浮著流亡的意象；那麼，精神流亡者的天空是什麼呢？我想起去年歲末在石岡災區搭帳篷做即興表演時的一個場景：「一個男人站在流出血水的水籠頭下。他的頭頂上空懸著一只用繩子縛在半空中的孤舟……。他唱著波蘭的革命歌曲。」

　　這個男人是我的朋友櫻井大造。他在帳篷用身體所創造出來的意象，像一首詩，寫在流亡者的天空上；這同時，在地層劇烈震動的石岡鄉鎮，一群媽媽們也用女性的身體，在舞台上訴說著

生命的遷徙。

　　女人的遷徙，男人的流離，無論發生在現實生活的記憶中，又或者僅僅是劇場中有如火花一般的刹那，都是生命意象的投射。劇場是爲了什麼？爲了表演而已嗎？或者是生命的凝視呢？

　　我相信在劇場中「再現」體驗的重要；這「再現」滋養著想像力的靈魂之花。因而，我將瞬間閃逝的意象蒐集在心版上，寫了揉合詩與提琴聲成一體的劇本，稱作《海上旅館》。

霧中迷宮

演出說明

　　頭一回搭帳篷演出《記憶的月台》時，憑靠著日本友人的全力協助，方得以順利完成。這一回，「差事劇團」的夥伴們意識到獨立完成的重要性。帳篷劇是藝術在勞動中滲出肌膚的汗水，它不是一個為演員們準備好的表演空間。特別是本劇在舞台上有燈塔、燒毀的劇院以及由車站翻轉成船等三件大項裝置，全部要有舞台工作者親手完成……。這同時，我們遇上了圓型帳篷能開多大的洞，供舞台空間使用的問題：安全是考量的一面；另一面，則是舞台的美感不容折扣。爭論時起，又在汗水的勞動中取得工作的默契，身體的勞動一點都騙不了人；爭論過後，繼續伸出共同工作的臂彎……。夜晚來臨，受體制不斷壓縮和排擠的邊緣人，從燃起雄雄火勢的烈焰中，找尋到相互取暖的避難所。但，縱情的喧鬧卻難免拉起一道警戒的火線。從個人的自由到共同的解放，我們還有一條漫漫長路，擺在觸目可及的靈魂深處。整整二十天下來，只有舞台設計溫曉枚和一向默默埋首於工作的宗仁，在冷靜中忙碌著；阿賢、樵和文淵雖不在火線上，卻在疲憊中磨鍊著身心的平衡；燈光設計阿立，則以他一貫的笑容和心緒波濤起伏的演員阿才，形成荒地上兩具截然對比的身影。

　　夜晚，排練時間來臨時，帳篷成了想像世界鬥爭的現場；白天，在炎熱的炎陽下，發生著這樣又那樣的衝突與互動，是一齣無比現實的人性劇碼。

　　最後，我們用演出時點燃火炬的汽油，將舞台燒成灰燼，這

時，點燃火勢的人，已經不是劇中的角色，而是剝去美學外衣的演員和工作夥伴。

本劇，先是在華山藝文特區的荒地上演出。又於半年之後，前往澳門參與藝穗節，在一處廢棄的越南難民營中，依現場的斷垣殘壁搭景演出……。難民營版的演出，加入了澳門演員小譚所飾演的說書人角色。

澳門演出時，種種和現實處境的搏鬥，發生於戲裡戲外，像一場拉到異鄉土地上的社會行動。副導演阿傑的一句話最冷。他在舞台拆得僅剩幾片殘景時，不動聲色地說：「這像一場行動嗎？」

他的意思，從我的瞭解出發應該是說：「在民眾劇場的軌道上，我們距離美學解放的月台，還有一段遙遠的距離。」

人物：站長、流浪漢、丑角、男子、女人、阿蘭妹、阿含、婦人、巴拉赫、女角、水手、女詩人。

前奏──戶外

（荒地上，遠遠地有傀儡戲班子的身影，在暗夜中晃動著。漸漸地，傀儡戲班朝遠處消失而去。此時，一只鐵桶裡冒出了一個拿火把，打赤膊的男人。他去地上拾起一件車站站長的制服，穿在身上……。他是一名站長。）

站　長：沒有錯，這地上的日子是孤獨的，每天穿著這身制

服，在清晨五半點的時候，準時到荒地上來，等待列車從廢棄的鐵軌道上緩緩浮現……但，那只不過是搖搖晃晃的幻想……每一天都在大白天裡發生……又消失。於是，我潛入了地下，每一個夜晚，都和羈押在迷宮裡的困獸搏鬥……在那樣的分分秒秒裡，火車隆隆穿越地底的聲音，像炮擊的聲響一般，從車窗外向我湧來……我感覺，我活著，在一個像似廢墟般的迷宮中……。

（荒地上，有一個狀似流浪漢的人，從遠處跑了過來。他的身後，追來一個踩高蹺的傀儡戲班丑角）

流浪漢：（邊跑邊說）不要來找我，我不會演，也不想演……

（流浪漢消失而去。丑角喘了口氣，就望見了站長的背影。）

站　長：（轉過身來）這確實是件瘋狂的事，你們還像過去一樣，四處流浪漢當演員嗎？

丑　角：喔！好久不見了，等不到火車的站長。你覺得還有什麼更好的辦法嗎？

站　長：我想沒有了……這世界上像你們這麼怪異的劇團還很少見。

丑　角：（指自己的高蹺）我站得很累了……還要去找演員……我先走一步了……。

站　長：我們馬上就要見面了……這一回別忘了帶有意思的劇碼來演出。

丑　角：有意思，肯定有意思……看了讓你白天、黑夜都分
　　　　不清。

　　　　（丑角離去）

站　長：（望著對方的背影）愈來愈會掰了……。

　　　　（帳篷裡隱約傳來黑管的吹奏聲）

　　　　今晚，總算有人來陪我等火車了……還是一個樂
　　　　師，不錯，很有氣氛。

　　　　（站長朝帳篷走去。觀眾進場。）

序場——鐵道上的音符

　　　　（夜晚，鐵道上傳來低沉而帶著些許詭異的音符。一個
　　　　樂師在軌道吹奏著他手上的黑管。時空漸漸融入陣陣暗
　　　　黑而繁雜的曲風中。一個頭戴大盤帽的站長，站在月台
　　　　上，朝著夜風揮動無聲的手勢。他吟唱著一首詩歌，詩
　　　　歌的詞句在音符中浮浮沉沉……。）

站　長：（吟唱聲）
　　　　獨自遠行沒有了你
　　　　也沒有影還在暗中
　　　　向一場戰爭我流血
　　　　向一段記憶我回首

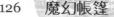

向一場友誼我呼喚
向一座燈塔我凝視
鬥爭在想像的港灣
沉沉的錨洶湧的浪
鬥爭在現實的天空
熊熊火苗燃燒世界

（樂師沒入暗夜之中。站長述說起一個男人消失於浪潮中的事蹟。潮聲來襲，一座燈塔上方，有一扇窗口的燈亮了起來。）

　（獨白）一切都從那個寒冷的夜晚開始的，百年才得一見的流星雨掃過夜空之後。狂風突然從外海來襲，撕裂了守護岩岸的礁石。粗壯的巴拉赫從海邊拖回濕重的漂流木後，對妻子說：「我聽見歌聲從海底下呼嘯地傳來……在呼喚我。」說完。他竟然就消失在妻子的淚水中。巴拉赫走了。留下一塊濕重的漂流木，在他家門口……。隔天，一項遷村計畫在新政府的效率中迅速地如期執行……只剩下……。

（燈塔上亮著燈的窗口傳來頌詩的聲音。一個女人的剪影映在窗邊。提琴聲在浪潮中響起。）

聲　音：（頌詩地）
　　　　有一天早晨，在一個寒冷的月份，
　　　　一個痛苦，沾著泥、薰著煙的月份，

　　沒有膝蓋的月份，封鎖和災難的月份，

　　從我家潮濕的窗子……

　　（引自轟魯達詩：《國際軍團來到馬德里》）

聲　音：（吶喊地）是誰？到底是誰把我囚禁在這高空的牢
　　　　房裡……是誰？

站　長：（朝燈塔的窗口，喊著）喂！就不會寫幾句比較有創
　　　　意的句子嗎？前面那幾句不錯，可惜不是你寫的…
　　　　…如果，我沒猜錯的話……。

　　（燈塔的窗口暗。遠遠地似乎傳來鈴鐺的聲響。一個頭
　　上戴軍帽，脖子上披著一條毛巾的男子，手上握著一具
　　鏟土車的男子，從鐵路那頭走來。）

男　子：（推著手上的鏟土車）我循著歌聲走過來……我到了
　　　　嗎？

站　長：到那裡了？你要到那裡去……。

男　子：（自語地）一個鐵道旁的山坡上長滿楓樹的地方。
　　　　冬天來時，溪谷裡漂著滿滿的楓葉，像染了血一樣
　　　　……。

站　長：這裡有楓葉。鐵道的盡頭也有一條斷峽。可惜那都
　　　　已經是從前的景象了！

男　子：（苦笑著）很可惜……。現在幾點鐘了？

站　長：（看看手錶）11點35分……很晚了……。

男　子：不晚。12點鐘還有一班車前來，載走那些雙腳被鐵
　　　　鐐磨出斑斑血跡的人。

站　長：聽起來，你好像對這裡很熟悉。

男　子：（抬頭）火車很快就進站了吧！

站　長：火車早就停駛了。

男　子：那監獄呢？

站　長：監獄。喔！你還記得那監獄呀！早就被鏟得一乾二
　　　　淨，用來當埋核廢料的禁區了！（端詳著對方）你問
　　　　這麼多，你從那裡來的……我好像認識你……。

男　子：你不必認識我。我只不過受人之託來撿拾一堆屍
　　　　骨。

站　長：這裡沒有屍骨。死去的人都因有輻射污染的嫌疑，
　　　　被送到焚化爐高溫銷毀了！

男　子：聽你這麼說，這裡簡直成一座廢墟了。

站　長：不！不！這裡不是廢墟。雖然人都走了，卻遺留下
　　　　許許多多想像的種籽，在泥沙裡繼續與孤獨搏鬥。

　　　　（音樂聲響起。男子邊低吟著歌，邊從鏟土車裡撿出一
　　　　朵野花在沙地上種著。）

站　長：（詢問著）你這花種在沙地上，會活嗎？

男　子：如果，沙底下有屍骨當肥料的話，會開很大的花…
　　　　…。

　　　　（男子停止種花，望著對方。站長似乎憶起什麼事來。）

站　長：這景象（指花在沙地上的情景）……好像有些熟悉…
　　　　…你是……。

（男子自顧地又在沙地上鏟起土來。）

男　子：（壓低嗓門，自言自語）那時，有時我給他送加鹽的
　　　　粗飯；有時在拷問室外聽著悶棍打在他身上的聲
　　　　音；有時，送幾張開過天窗的報紙給他看……最後
　　　　……。（哽咽地）

站　長：你是……我想，我再想想……你是，你就是那個牢
　　　　房裡的看守。

男　子：你想起來了。你還是想起來了！雖然我不願意，但
　　　　你還是認出我來了。

站　長：（冷漠地）你不是說，你永遠不會回來的嗎？怎麼
　　　　在事隔這麼多年後又回頭了呢！

男　子：（回憶著）那株向日葵呢？後來開花了嗎？

站　長：在他的屍骨上開了一朵燦爛的花。沒幾個月後，在
　　　　報上讀到清鄉的行動，報導中說軍隊開進一個山坳
　　　　子裡……。那個夜晚花就謝了……。

男　子：眞的謝了！

　　　　（暗夜中有一個人肩上扛著一塊漂流木，滿身都是沙
　　　　塵，從一旁走進來。他是消失了多年的巴拉赫。）

站　長：是巴拉赫嗎？你不是消失了，怎麼又回來了。唉！
　　　　你怎麼滿身都是沙……你到那裡去了。

　　　　（巴拉赫緊抿著雙唇沉默著。但他的嘴角似乎淌著絲絲
　　　　血流。）

男　子：你是受到驚嚇，還是遇上打擊，怎麼說不出話來呢？

（巴拉赫張開嘴巴，血從嘴角淌下。他從嘴裡掏出一塊血淋淋的石頭。）

巴拉赫：（結巴地）他們說對機槍丟石頭的孩子是恐怖分子……。我用嘴巴去接石頭，停止他們的污衊。

男　子：（幽默地）你應該把石頭丟到他們嘴巴裡，封他們的口，怎麼往自己嘴巴含呢？

巴拉赫：我必須沉默……在神聖的哭牆前……我只有選擇……沉默。

站　長：（訝異地）我記得你是消失在一片海嘯聲中……你去了那裡？

巴拉赫：耶路撒冷……對，冬天的耶路撒冷……。

男　子：（半信半疑地）耶路撒冷……很遠的耶！

站　長：你不會是和我們開玩笑吧！你真的去過嗎？

（站長趨前，想用手觸摸對方的額頭。巴拉赫立即閃開。）

巴拉赫：請不要碰我。我只不過是一具游魂。（躺在地上）將我埋起來……。我必須含著血沉默下去……。

（男子帶些困惑地將枯葉鏟到巴拉赫的身上，將他埋了起來。）

男　子：你不是游魂嗎？怎麼會有身體呢？

巴拉赫：是游魂的身體，所以可以在想像的時空中自由穿梭……（微彎起腰身）不要懷疑。

（巴拉赫的身體消失在泥土中。站長有些慌張起來。）

站　長：巴拉赫！巴拉赫！你還在嗎？

（中東風格的音樂傳來。白幕上出現和巴勒斯坦相關的影像。巴拉赫從泥沙堆裡站起身來。扛著漂流木離場。）

巴拉赫：（冷靜地）我是死了。但我必須回來見證乾涸在沙漠中的血。就算只剩一具孤單的靈魂。

男　子：（索漠地）他走了……我也爽了一個很久很久以前的約。

站　長：雖然你沒有見到他的屍骨。但他靈魂深處的喃喃低語，卻還在那家劇院裡徘徊不去……。

男　子：那家劇院……你是說那家被放了一把無名火的劇院還在嗎？

站　長：（將食指放在雙唇之間）噓……你聽，現在應該是午夜12點剛過……你聽到了嗎？

（空氣中彷彿遠遠傳來頌唱碑文的喃喃話語聲。站長跟隨著頌唱起來。）

男　子：這是他的聲音嗎？說些什麼……怎麼一句都聽不懂呢？

站　長：是他劇本裡的台詞呀！他被拉出去斃了之前寫的那

個劇本裡的台詞呀！

男　子：（納悶地）這是台詞嗎？

（燈塔上方的窗口，突然間亮起燈來。女詩人尖叫之後，從窗口伸出頭來。）

女詩人：（歇斯底里）這是怎麼一回事？怎麼一回事呢？（臉上畫著寫滿碑文的臉譜，像是一具黏在臉上的面具。想要去撕，卻怎麼也撕不下來。）

（驚叫地）原本只是一場夢……。我坐在一扇窄窄的窗口，望著漆黑的天空……漸漸地，竟然發現自己的雙手變成一對被拔光羽毛的翅膀。這時我往下望，就看見他，蹲在一個山岰子裡，點著一根蠟燭，在雙腿上擺著一疊紙，他弓著背、垂著頭，那隻手在紙上寫著，寫著……不知道在寫些什麼……。

站　長：（抬頭）現在是怎麼一回事？你是嫌我們在這裡說話太吵，還是想到什麼讓你睡不著的句子了？

男　子：她是誰？像在說夢話……就我這個陌生人聽起來，像似還有些意思的夢話。

站　長：夢話就是夢話。還有有意思，沒意思的區分嗎？她就是一個喜歡說夢話的詩人。

（遠方傳來鼓樂隊敲擊聲，像似有什麼踩街的陣頭要來了。帳篷側旁掀起，遠遠的空地上有火把、傀儡，以及踩高蹺的身影。）

（朝燈塔的窗口喊著）你的夢話，我們都聽見了。現在，繼續去睡吧！傀儡戲班子就在不遠的叉路口了。我得去找他們……要他們……。

男　子：火車果然沒有來，倒來了個戲班子……這地方真的和我記憶中的情景大不相同了。

站　長：唉呀！都三更半夜了，還敲敲打打，也不怕吵醒人……他們這些作戲的都是瘋子。我得走了……去叫他們該停止了！

（站長匆忙離去。）

男　子：反正這裡除了黑暗之外，就只剩下夢話了！我根本聞不到呼吸的氣味。（思忖半響）吵也吵不了什麼人，有什麼關係呢？

（男子欲走，又回過身來。女詩人在窗口上喃喃自語，像是咒語，像是密碼，像是碑文。）

（好奇地）奇怪了！現在，她的夢話怎麼會和剛剛劇院裡傳來的聲音一樣……聽起來，就像那游魂在地底下……吶喊著。（推著手推車離場。）

（中場音樂響起。）

第一場　天地大戲院

（黑暗中，傾圮頹敗的戲院的灰牆上映出一張張相關於「壁」演出時的舊劇照與海報的幻燈片。前台被一塊紅布像簾幕遮住。婦人從天台上出來，手上擎著一把火炬。口中似乎唸唸有詞。）

婦　人：（唸唸有詞）一場大火將時間都燒得只剩灰燼。在時間的灰燼裡，我看見自己的幻影躲在戲院的化妝室裡，一根樑柱從天劈下來，我想大概沒命了……就拼命地爬，沿著牆角爬，才從廁所的窗口爬了出來。

（紅布幕後方似乎傳來敲擊木箱的聲音。婦人好奇地往下探頭窺望。）

女人的聲音：（有些著急地）喂！把紅色的布幕拉開……我要準備開始了。

（婦人好奇地從天台下來，緩緩拉開紅布幕。）

婦　人：這是怎麼回事？三更半夜，在這燒毀的戲院裡，該不會是鬧鬼吧！噢！我懂了，又是夢裡的幻影在作祟。從戲院著火的那個夜晚開始，就有不同的幻影，從我的夢裡出走，來到這現實的世界裡。

女人的聲音：（不耐煩）少囉嗦！音樂啊！請樂隊該開始
了！

（婦人看一看旁的樂隊，給對方一個手勢。音樂開始……
……一個戴著白色面具的女人，從一只道具箱裡緩緩站了
起來。她只是慢動作地扭動著身軀，最後形成像似枯木
的身軀，站在那裡動也不動地有一陣子……。婦人望著
戴面具的女人一動也不動。有些納悶起來，然後，顯得
不耐煩，才給樂隊打了一個停止的手勢。）

婦　人：（嚷嚷地）喂！你是誰？音樂都等得不耐煩了！你
還站在那邊，像一根木頭。

戴面具的女人（簡稱女人）：對！你的觀察力不錯。就是一
塊枯木……。

婦　人：（不解地）不會吧！雖然有些時候我夢裡的節奏會
慢了下來。但，也不應該出現慢到像你這樣的木頭
啊！

女　人：不是木頭，是枯木……。

婦　人：木頭就是木頭……（不耐地）喂！我告訴你，我們
這裡是「天地大戲院」。有天，也有地，還有人真的
在演戲的……怎麼可以在舞台上豎一根木頭呢？

女　人：（大聲地）告訴你，是枯木，不是木頭……你懂
嗎？

婦　人：（稍退一步）好嘛！好嘛！是枯木又怎麼樣呢？

女　人：（哀求地）你可以告訴我，從這裡到那裡要多久
嗎？

婦　人：（屈指算時間）「從一這一裡一到一那一裡」喔！大
　　　　約兩秒鐘……。不信你自己說一遍看看。

女　人：別拿我開現笑。我是認眞的……。

婦　人：你眞的很認眞……認眞到像一塊……。

女　人：枯……木。說認眞的，我得回到那裡去。

婦　人：你一直說那裡，那裡……你是指那裡呢？

女　人：簡單一點說，就是夢的那一邊。我要去和出現在我
　　　　夢裡的那個寫字的人見一面。他應該就是那個戲院
　　　　火燒前突然失蹤的劇作家。

婦　人：那個劇作家嗎？可能很難喔！

女　人：爲什麼？

婦　人：因爲，他被槍決後，屍骨因被輻射污染而高溫銷毀
　　　　了。讓我們這樣說吧！他只能成爲你夢裡的游魂，
　　　　在時空中流亡。

女　人：你說得愈來愈玄了。

婦　人：你才玄哩！（嘲弄他）一個人站上舞台，還以爲你
　　　　是要演什麼好看的戲，竟然只有站著像一塊木……
　　　　（改口）喔！孤木。好了！現在你演都演完了，可以
　　　　將面具拿下來了吧！

女　人：不行！我得走了。（往外走）

婦　人：你到那裡去？

女　人：到……。（想了一陣子）流亡的時空中去……。

　　　（女人離場。剩下婦人收拾著道具箱，將它拉離現場。
　　　少女阿舍手裡拿著一本觀星相的小書，坐在舞台高處的

一具鞦韆架上。輕輕搖晃著身體……。）

阿　舍：（拉高嗓音）埃及的大氣之神舒（shou），把他的女
　　　　兒天神努特（nout）高高舉起，使她和大地分開…
　　　　…。宇宙便這樣形成了。

（傀儡戲班的阿蘭妹手裡捧著一隻假鸚鵡，匆匆忙忙地
從外頭衝進來。）

阿蘭妹：（朝觀眾問著）喂！喂！你們有沒有看到一個手裡拿
　　　　著一本書，老是看著天空。說起話來，像鸚鵡在背
　　　　頌情詩的女孩啊！

阿　舍：喂！你在找我啊！

阿蘭妹：噢！對啦！你在這裡，害我嚇了一跳。我真擔心你
　　　　迷失了。

阿　舍：迷失了……我也不曉得，我現在是不是迷失了。

阿蘭妹：（學鸚鵡說話）剛剛你在村莊外面的夜市裡問我路的
　　　　時候，我正在想演戲裡的一句台詞。你問我說……
　　　　說……。

（一個婦人，手裡捧著一只土甕，將砂土朝嘴裡塞。吃
得很有一番味道。）

阿　舍：（接話）我問說，往隘勇線的路怎麼走？

阿蘭妹：（一個姿勢）我的台詞是：「朝著星光的方向，不要
　　　　回頭。」

阿　舍：所以我就來這裡了。噢！對了，你的那句台詞很有

詩味，但你唸起來像舌頭都打結了。

阿蘭妹：（朝觀眾深深一鞠躬）多謝你的指教。（轉向阿含）
現在看你掛在那裡，還蠻自在的……那我先走一步
了。

婦　人：（冷酷地）等等……在我的夢裡，說話像她這麼刻
薄的，還很少見。你不想知道原因嗎？

阿　含：刻薄……夢裡……喂！你是誰啊！還說我刻薄……。

　　　　（阿蘭妹回頭，停下腳步。）

阿蘭妹：噢！對了！你是……。

　　　　（婦人將擱在角落的一塊招牌撿起來，掛在一幢廢棄老
　　　　房子的門口。）

婦　人：你們的戲班子都準備好了嗎？在我的夢裡大約有幾
千個觀眾，從不同的時空要來看你們的戲……。不
要搞砸了！

阿蘭妹：（跳起來）幾千個觀眾，太好了……他們都買票了
嗎？

阿　含：（站作起來）連掌聲都聽不到，怎麼會買票呢？

阿蘭妹：（故作驚訝狀）怎麼會呢？（指觀眾）他們都一次就
買好多張的。

阿　含：（指觀眾）對呀！因為他們不是她夢裡頭的幻影
啊！喂！你很噁心耶！（指婦人手中的土甕）怎麼吃
那些髒土，還吃得津津有味！

婦　人：（冷靜地笑著）來！拿去吃，這是最新發現的有機食

物，保證沒有污染……。（將土甕硬塞給對方）

（阿含從土甕裡抓出一隻蚯蚓來。「啊！」地驚叫一聲，躲到隱蔽處）

婦　人：她說得沒錯。我夢裡的觀眾不會鼓掌，但他們的表情卻是五花八門的喔！（盯著對方）你怎麼變得有些傷感起來了呢？

阿蘭妹：（搖搖頭）不是傷感。而是擔心變成了你夢裡頭的幻影。這樣，劇團就少了一個會唸詩的人了！

婦　人：喔！你是擔心這個喔！這你可以放心，我夢裡頭的人，通常不會唸詩唸得像你那麼……走音。

阿蘭妹：你真是太會說笑話了。

婦　人：不！我是認真的……。（繞著對方走了一圈）但，我想我和你做夢的對象碰過面。這是真的。（愈說愈傳神）他是一個小男孩，紮了一束馬尾似的辮子，飛到空中，和航行在夜暗中的星星打手勢，像是在導引星星的航程。

阿蘭妹：你愈說愈有意思了。你怎麼會認識我夢裡頭那個飛在空中的小男孩呢？太神奇了！我想你應該參加我們的傀儡戲班，為沒有夢的孩子寫一個劇本。

（阿含從隱蔽處穿梭出來）

阿　含：（著急地）喂！你們愈說愈離譜了！像在說神話一樣，快點告訴我，我現在到底在那裡呢？

婦　人：（凝視對方的眼睛）我想，你也被感染了！

阿　舍：（神秘地）感染什麼？你是說我得病了嗎？

　　　　（阿蘭妹前去摸摸對方的額頭，看她是不是發燒了。）

阿蘭妹：（輕鬆地）沒事啊！很正常啊！

婦　人：其實也沒什麼，只是像我這樣吸進了一種特殊的空氣，然後，就一直在醒著的時候分不清楚是做白日夢，或者碰到真實的人。

阿蘭妹：繼續說下去，你編的劇本太神奇了……（著急地）然後呢？

婦　人：（望著阿舍）然後因為太多的幻影和真實混雜一起，就會逐漸失去生活中記憶。

阿　舍：（跳腳）什麼？那怎麼辦？

婦　人：所以，你要吃這有機的泥土啊！才能漸漸喚回失去的記憶。

　　　　（婦人示意阿蘭妹找個罐子，裝些泥土給阿舍。阿蘭妹隨手取身邊的一只罐子，裝著珍貴的泥土。）

阿　舍：（嚎啕大哭）怎麼會是這樣呢？我只不過是要到隘勇線去看流星雨。天曉得怎麼會迷失在這鬼地方。現在，我看到的你們（指觀眾）全部都是幻影，我完了，我毀了……。還有，（摸摸腦袋）我怎麼不記得剛剛發生什麼了……啊！糟了，糟了，我要回家，我要回家……。

　　　　（阿舍匆匆離場。阿蘭妹追了過去。）

阿蘭妹：喂！別忙著走。你的泥土，這是恢復記憶的重要道
　　　　具呀！

　　　　（音樂聲響起。又歸於平靜。婦人走進劇院，帶了幾張
　　　　公演的海報出來，將其中的一張貼在牆壁上。婦人朝道
　　　　具箱彎下腰，像要去拿什麼東西。然後，從箱子裡取出
　　　　一只面具來，凝視著面具。女詩人悄悄地從燈塔上走下
　　　　來，望著婦人的背影。夢幻的音樂聲響起。）

女詩人：這麼說來，我也是你夢中的幻影囉！

婦　人：（轉頭）雖然你一直隱身在燈塔上，但我認得你，
　　　　也聽見你朝著夜晚的大海胡言亂語過。

女詩人：那是朗頌內心的詩歌，不是胡言亂語。

　　　　（婦人好奇地趨前，想用手去撫觸女詩人臉上的臉譜。）

婦　人：你這臉譜很特別，可不可以讓我看得清楚些，上面
　　　　像是寫了一些字……。

女詩人：這真是天大的災難。我先是看到他，或者說夢裡的
　　　　幻影，埋在一間四面是高牆的暗室中，高高的窗口
　　　　陣陣傳來洶湧的浪潮聲……。他對著一頁頁稿紙喃
　　　　喃唸著……但，聽不清楚唸的是什麼……。然後我
　　　　的臉就……。（撕不去臉上的臉譜。）

婦　人：（瞧著面具）這臉譜上的字很眼熟，看起來，和那個
　　　　在大火中燒毀的劇本有些類似……喔！我得去貼海
　　　　報了……先走一步（離場）

女詩人：（驚呼地）劇本……誰的劇本……。那個在時空中

流亡的劇作家嗎？

（戲院的屋頂傳來無調性的手風琴聲。男子披著一件黑衣，彈著膝前的手風琴。）

男　子：（大聲地）喂！你們在吵什麼啊！很妨礙我的練習的心情呢！

女詩人：（嚇了一跳）你是誰？怎麼在屋頂上彈琴呢？

男　子：（站起來）我是你們白日夢裡共同的幻影。從前，我經常停在一支桅桿上，是一隻守護暗黑海洋的候鳥，後來我飛到一座監獄的高牆上，就變成一個在黑暗中墨守成規的看守。我這樣說你們能明白嗎？

婦　人：（雙手交叉胸前）雖然說得有些故弄玄虛。但，比她的胡—言—亂—語還好懂。

女詩人：（擦擦雙眼）你這隻候鳥看起來好像有些憂鬱。

男　子：因為，我是一個憂鬱的看守，就看著他的靈魂帶著手上的劇本，在空無一人的劇院裡徘徊……走來走去……舞台上盡是咒語般的聲音。

女詩人：（睜大眼睛）你是指他嗎？那個出現在我夢中的寫字的人。

婦　人：（點點頭）他寫的字像咒語，一整本都沒人看得懂。戲院發生大火時，燒得只剩一堆薄薄的灰。

男　子：但現在都寫在你的臉上和詩中了……不是嗎？

女詩人：（勾住婦人的手臂）現在，我不明白了。

男　子：關於什麼？

女詩人：為什麼幻影比真實的人懂得更多呢？

男　子：（消失在暗影中）因為幻影穿梭在人的想像或記憶裡
　　　　……。

女詩人：（問婦人）所以呢？

婦　人：噓！你聽Ching-Ching-Dong-Dong的鑼鼓聲。他們來
　　　　了！傀儡戲班的人來了……。

　　　　（音樂聲中。傀儡戲班從觀眾席後方進場。一具Frida
　　　　Kahlo的大型傀儡伸出兩隻象徵植物根部的手，在觀眾
　　　　席間遊走。傀儡的手伸到舞台前方，像似在歡迎什麼
　　　　人。音樂聲停止。一個失魂落魄的流浪漢，手裡提著一
　　　　只皮箱，從高處的走道上出現。他一轉身，他的背後繫
　　　　著一只游魂模樣的傀儡。）

流浪漢（正面）：唉！我在那街角擺攤子擺得好好的。很久
　　　　　　　　都沒有警察來嚕唆了。怎麼，這樣倒霉碰
　　　　　　　　上你呢？

流浪漢（轉身）：喂！喂！喂！說話有分寸一些。你得小心
　　　　　　　　喔！這裡有千千萬萬隻飄在空氣中的眼
　　　　　　　　睛，在監視著你。

　　　　（流浪漢開始和他身後的游魂傀儡對話。當他正面朝觀
　　　　眾時，代表的是流浪漢自己，當他轉身朝觀眾時，代表
　　　　是傀儡在說話。）

流浪漢（正面）：什麼！你帶我來這裡，讓千千萬萬隻眼睛
　　　　　　　　監視我，你是不是腦筋有問題呢！不！
　　　　　　　　不！我不想被監視，我要走了！

流浪漢（轉身）：要走到那裡去，這裡就是我們表演的地方啊！你還要到那裡去呢？

流浪漢（正面）：不行！不行！我不想表演，也不會表演……。

流浪漢（轉身）：這麼說，你是想回家囉！

流浪漢（正面）：回家……不行……我不要回家……他們會逼迫我看電視上那些沒頭沒腦的八卦新聞……我會發瘋……。

流浪漢（轉身）：不想發瘋，就只好留下來了……。

流浪漢（正面）：唉！真倒霉。（拼命轉頭，卻罵不到對方）你……你……。

（突然間，警笛聲從遠處傳來……。）

流浪漢（正面）：（驚慌地）怎麼辦？怎麼辦？他們要來抓我了。他們一定以為我是變裝的恐怖分子，從沙漠來的那個，但我只是有些神智不清吧了！（猛一轉身）啊！我知道了！我就演不會動的傀儡好了！

（流浪漢轉身，一動也不動地站在角落裡。阿蘭妹探著頭，從幕後漸漸現身。）

阿蘭妹：（作戲地）好險！「新哥倫布征服者」的殲滅行動又展開了！我每天都在自己的腦波裡收到他們部署情報網路的訊息。今天晚上的戲碼要儘快演出，儘快收場……以免……。

流浪漢（轉身）：對！儘快收場，我同意……現在就收場……
……我先走了。

（流浪漢離場）

阿蘭妹：喂！喂！還沒有呀！不要走，你是我們今晚演出的
主要角色啊！（追出去）

（舞台一角的布幕被打開。傀儡戲班的女角躺在一只覆
著白色床單的道具箱上，像一張病床。女角裝扮成
Frida Kahlo的模樣，她躺著，手裡握著一本紅色書皮的
日記。）

女　角：我來找一個人叫Frida，你們看見過她嗎？她瘦廋
的，有一雙很粗的眉毛貫穿在她的眼睛上。她原本
躺在書裡，在她自己的畫冊裡，現在，她來找我，
有時走進我的身體裡，有時又若無其事的走開了…
…我來找Frida，你們看到她了嗎？

（坐起身來，讀著日記）「我希望我的存在是歡樂的，
我希望永遠不再回來……。」我浮起來，在一片色
彩繽紛的浪潮中，遠遠的天空，有一隻智慧的眼
睛，像流星般朝我的額上襲擊而來……然後，我便
又流著冷汗，不知不覺的昏睡過去。（舉起畫著一隻
智慧之眼的左手。從病床上站起來。舞台白幕上映出
Frida Kahlo的畫作。）

（獨白）但我還是回來了！回來找尋那曾經將我淹沒
的色彩。現在，哭泣的是海洋的聲音，它似乎在為

失去的日、月、星辰、傳說、信仰而失聲痛哭……
就像我的哭聲。（從病床後取出一支帆，緩緩地舉
起。）

但我仍然燒亮著胸口的一盆火，期待一趟風雨中的
海上旅程……最重要的，它發生在我無盡的想像
中。（躺回病床上，翻閱手中的紅色日誌，提琴聲與訊
號聲在海浪聲中響起。）

（訝異地）我聽到了！是船上發來的訊息……（朝觀
眾）你們聽……怎麼會呢？這一段只是我想像的
啊！不會真的發生在我們的戲裡的啊！

（女詩人從燈塔上高聲呼叫。轉動車站，成為船）

女詩人：（呼喊）喂！有船要靠岸了……真的是一艘船要靠
　　　　岸了。

（阿蘭妹衝進場）

阿蘭妹：（朝女角）這是怎麼一回事呢？該不會是「新哥倫
　　　　布征服者」的密探，真的得知我們的行蹤，要從海
　　　　上來消滅我們的記憶吧！

女　角：（慌忙中找到劇本）不對！完全不對呀！我們昨天討
　　　　論的劇本是警笛聲先響起，然後就有「新哥倫布征
　　　　服者號」的密探消失在霧中。這一段不是這樣安排
　　　　的……船是想像的，不會有真的船出現的……。

阿蘭妹：（嘆了口氣）糟糕，一切都亂了，想像竟然都成真
　　　　了，只好繼續下去……但，我們先下台去想一想，

再說吧！

（婦人出現在戲院的天台上。）

婦　人：（朝女詩人喊著）連白日夢裡的船都來了。（凝視觀
　　　　眾，煞有其事地）這世界變得愈來愈真實了！

　　　　（一個滿身披著水草的年輕男人，肩上披著一只帆布
　　　　袋，從浪潮的方走了進來。他是一個水手。）

水　手：（撥一撥身上的水草）這樣子登岸，實在稱得上傳
　　　　奇。但也未免太離奇了！

婦　人：（探問地）喂！你是誰呀！怎麼會身上長滿了水
　　　　草，看來像一隻綠色的水怪？

水　手：（回頭）喔！對不起，我的樣子嚇到你了！我是穿
　　　　梭時空中的奧德塞。這裡是……？

婦　人：（困惑地）奧—德—塞，誰呀！外國人啊！

（女詩人站在從燈塔的窗口）

女詩人：喔！奧德塞，史詩中的流浪英雄，你朝著燈塔打了
　　　　求救訊號之後，便發出了奇特的訊息……一種像是
　　　　在頌唱碑文的訊息。然後你就登岸了。

水　手：（看看燈塔）喔！剛剛是你從燈塔上放出訊息的嗎？
　　　　這燈塔舊舊的，訊號卻還很強烈。

婦　人：（抬頭）不簡單，你是數十年以來，唯一靠這座燈
　　　　塔登岸的人。（朝女詩人）

女詩人：（頌詩般）奧德塞，你的甲板上有一雙輕盈的翅

膀。

水　手：（神祕地笑了）我航行世界數十年，為了免於老化，
　　　　每天在甲板上與強烈的陽光搏鬥，終於在這一刻聽
　　　　到一句最真實的話。總算不虛此行，謝謝你！（向
　　　　女詩人鞠躬）

女詩人：不敢當，我也是想了很久才擠出這句話來的……。

婦　人：她把話都擠出來給你了。現在，該輪到你說了……
　　　　你是怎麼冒出來的……。

水　手：（敘述地）之前，我們航行到日本海附近時，突然
　　　　間起了大霧，我在迷霧中望見一支艦隊上站滿了穿
　　　　著軍服的日本皇軍，他們在狂風惡浪中唱著軍歌。
　　　　我朝他們看了一眼，就感覺全身忽冷忽熱起來。我
　　　　倒在甲板上，同志說，我得了瘧疾……我想……糟
　　　　了。（倒下身來）

（男子從帳篷上方探出頭來，蹲在那裡像一隻候鳥。）

男　子：沒想到，你就看到我了。一隻停在你船上的桅桿上
　　　　的候鳥。然後我們……。

水　手：（驚訝地）你……喂！你怎麼手腳這麼快，一下子
　　　　就到這裡來了！

男　子：拜託，都已經是好幾年之前的事了。對了！上一
　　　　回，我們聊到那個劇作家時，你剛開口，一陣浪潮
　　　　就把你的話都衝進浪花裡。

水　手：喔！那個臉色蒼白的劇作家嗎？我在墨西哥海岸遇
　　　　上他時，就感覺他註定是一個孤魂了！不過那是…

…（想了一想）1950年代的……事情了。

（水手抬頭，發現男子已不見了。）

喂！你怎麼這樣就走了呢！我還有話要問你……。

婦　人：他也是幻影，和你一樣，轉眼就不見了……。別
　　　　急，你剛剛說的劇作家……。

（水手起身去追男子。）

水　手：（追山去）別走……別走……你說，你要幫我治瘧
　　　　疾的呀！

女詩人：（追山去）你也別走……你說的劇作家，他是不是
　　　　常常對著黑夜喃喃自語，說些像密碼又像咒語的
　　　　話？

（水手、女詩人出場。留下婦人在戲院的天台上。）

婦　人：太神奇了！舞台上說船要來，船就真的來了……我
　　　　得去和傀儡戲班的人討論明天演出的劇情，說不
　　　　定，我們可以統統搭著帳篷，飛到天空去。

（燈暗。中場音樂聲響起時，演員扮成小販，大喊「中
場休息」在觀眾席間賣啤酒和零食。）

第二場　想像之舟：格拉瑪號

（阿蘭妹出場。先以丑角的角色唱了一段「飲酒歌」。然後是一段敘事。）

阿蘭妹：（反諷地）我們在時空的邊緣巡迴表演。某一天下午，天空飄著幾朵輕輕淡淡的白雲。我們竟然就在一個擠滿人潮的馬路口，看見那叫阿Q的傻小子，被押上一輛沒有頂篷的車子，他口裡頭喊著「救命……救命……」，圍觀的路人拼命鼓掌，車輪就這樣滾到刑場的方向去了……。

（舞台前露出一條船的船舷。傀儡戲班的女角背著觀眾在船舷上化妝，她穿著一身畢挺的西裝，像畫裡Frida Kahlo的打扮。流浪漢以他背上的傀儡形象，蹲在角落裡悶著。）

女　角：（背著觀眾）從那時候起，我們這個劇團就沒有固定的劇本，演員也是走到那裡，就徵募到那裡，我看，我們是被阿Q那小子喊「救命聲」給喊醒的……（轉身朝阿蘭妹）你說，對吧！

流浪漢（轉身）：（站起來）我看，你們比較像收容所，不像一個劇團。

女　角：劇團就是收容所啊！

阿蘭妹：只不過，收容的不是人，而是人的想像力。

流浪漢：那你可不可以告訴我，我的想像力是什麼？

阿蘭妹：（詼諧地）如果我說流星，那你會說什麼？

流浪漢：天空掉下來的垃圾……嗯……發著光的……。

女　角：（微笑著）垃圾……。

阿蘭妹：你看，你的想像力多麼與眾不同啊！

流浪漢（轉身）：我看，我還是繼續扮演一動也不動的傀
　　　　　　　　儡，比較與眾不同。

女　角：（走近身去）什麼！你是指今天晚上的演出嗎？怎麼
　　　　可以呢？（指著船舷）現在，戲裡頭想像的船都開上
　　　　岸來了，我們非得想一段和船有關的戲，搬上舞台
　　　　不可！你的角色是……。唉！讓我想一想。喔！我
　　　　知道了，就演「格拉瑪號」好了！

阿蘭妹：（睜大眼睛）格—拉—瑪—號，這是今天晚上的戲碼
　　　　嗎？要演什麼呢？

流浪漢：繼續這樣下去，也滿無聊的，我還是先去睡個午覺
　　　　再說吧！

女　角：（朝出場的流浪漢）喔！先去準備幾塊紅布。我們的
　　　　演出用得上……。

流浪漢：（退場）喔……。

女　角：（踱步）你忘了嗎？我們曾經想像一起旅行到一個
　　　　海灣，遠遠地在海灣的上空浮現了一顆石頭，中間
　　　　是一張吐著舌頭的臉……那時海洋上……。

（布幕上出現太陽石的幻燈片。）

阿蘭妹：我想起來了……。那時，海洋上染滿了鮮血。就在那顆太陽石下面。

（女角以神聖的身姿站到船舷上，燃起一支火把。）

女　角：還有呢？你想起來了嗎？（急忙地）給我赫塞・馬丁的詩。

阿蘭妹：（振奮地）我想起來了……我真的想起來了……那個夜晚，在墾丁的朋友家裡我們喝著酒想像……海灣的風雨很大，浪濤上停著一艘船，就叫「格拉瑪號」。我們就在岸上，濕淋淋的岸上收拾著被強風撕裂的帳篷。

女　角：（舉著火把）黑暗中，我們的朋友說他望著那個滿臉鬍子的醫生，朝著夜暗的大海，高聲朗頌著……。

阿蘭妹：（跳上船舷，將火把接過手來）他朗頌著……。

女角、阿蘭妹：（合頌）「燈光已不夠用，要把爐火點燃」

（布幕上出現格瓦拉的幻燈片，這時，阿含坐在舞台高處的一角，像看完一場表演般鼓起掌來。）

阿　含：（吃著捧在手中甕裡的泥土）你們的船會開到隘勇線去嗎？

女　角：（一臉困惑）隘勇線？在什麼地方啊！

阿　含：（自憐地）原本我搭著車要到隘勇線去……。

阿蘭妹：去看流星……我知道你前面都說過了。

阿　含：（氣急敗壞）我還沒說完啊！看完流星，我們就要到隘勇線的一個教堂裡結婚的……。

阿蘭妹：結婚。這麼重要的事情，你怎麼沒說清楚呢？

阿　舍：（急壞了）我要說的……只是，一想到成了幻影……
　　　　…什麼都忘了。

阿蘭妹：（緊握對方的肩膀）用力想一想。多吃些土來恢復你
　　　　的記憶……現在，你想起要和你結婚的男人的模樣
　　　　了嗎？

阿　舍：（搖搖頭低聲啜泣起來）沒有……。（躲到角落裡）

女　角：（靈機一動）隘勇線上的男人都長得什麼樣子呢？

阿蘭妹：隘一勇一線，如果我沒記錯，那是用來區隔客家人
　　　　與原住民的界線。

女　角：（若有所思）所以，他們都經歷過戰爭的流血囉！

阿蘭妹：我想到了。原住民……嘴裡流著血……我看過他…
　　　　…他叫……啊！問歐巴桑就知道了！（朝著戲院大
　　　　叫：「歐巴桑！歐巴桑！」）

婦　人：（衝出來）怎麼樣！失火了嗎？

阿蘭妹：（謝罪）沒啦！沒啦！不好意思，我只是想知道那
　　　　個嘴裡流血的原住民，他叫什麼名字？我一時想不
　　　　起來……。

婦　人：喔！你說巴拉赫喔！（些許不耐煩）找他幹什麼呢？
　　　　他只不過是個孤單的游魂。

阿蘭妹：（朝女角）對喔！找他要幹什麼？

女　角：安排一場婚禮呀！

　　　　（阿舍衝向前來，望一望阿蘭妹，又看一看天台上婦
　　　　人。）

阿　含：什麼……你瘋了啊！

女　角：（解釋地）我是說，安排一場發生在隘勇線的婚禮的戲啦！

阿蘭妹：就今天晚上嗎？誰演呢？

女　角：就她（指阿含）……還有那個叫巴……什麼的……。

阿蘭妹：太好了！就把格拉瑪號開到隘勇線去，參加一場婚禮。

阿　含：你們都瘋了……。

（阿含說完，昏倒在阿蘭妹的懷裡。）

婦　人：（拍拍手上的塵土）一隻迷路的鳥和一個游魂，在隘勇線上結婚。這個戲肯定滿足各位觀眾的夢想。太好了……（朝觀眾）別忘了，我們的訂票專線是……。喔！看傳單上就有了。

（燈暗。音樂聲中，燈漸漸亮起。巴拉赫打著赤膊，以雕刻刀在刻他手上的那塊漂流木。他沉默著，以自己的身體雕刻出流動的雕像來。）

巴拉赫：（低吟著）我回到那個傳說時，寂寞的雨水恰好從祖先的簷瓦上滴落下來。

（傀儡戲班的女角，放下她的頭髮，脫下西裝，穿著一件綴滿飾品的女裝。白幕上映出Frida Kahlo的幻燈片。女角坐在一張椅子上抽著菸。）

女　角：（問巴拉赫）你準備好了嗎？

巴拉赫：（疑惑地）

女　角：婚禮那場戲啊！

巴拉赫：我是死去的游魂……又這一身（指赤膊的上身）……
　　　　怎麼扮演新郎呢？

　　　（女角從道具箱裡找出一件衣服，丟給巴拉赫。巴拉赫
　　　　穿上之後，發現在是一件穆斯林的袍子。）

巴拉赫：（皺著眉）

女　角：很抱歉！上一回我們演戲時，有一場戲裡的戰火將
　　　　服裝都給燒了！只剩穿在一個難民角色上的這件袍
　　　　子。你就試試看吧！

巴拉赫：好像……回到……了耶路撒冷。

　　　（阿蘭妹從舞台一側探出頭來，有些著急。）

阿蘭妹：怎麼辦？新娘沒有戲服穿耶！

女　角：（看見漂流木上掛著一只花環）巴拉赫，你的花環借
　　　　一下吧！

　　　（巴拉赫將花環拿給阿蘭妹。阿蘭妹匆匆要走……。）

女　角：（想起什麼似地）等一下……道具都齊全了嗎？

阿蘭妹：喔！你說葡萄酒、火把、木牌嗎？都有了……。

女　角：槍呢？

阿蘭妹：什麼？

巴拉赫：（眼神質疑地）

女　角：（沉思地）嗯！

阿蘭妹：聽說歐巴桑的道具箱裡有一把。（大聲吆喝，邊離場）歐巴桑，向你借一把槍當道具喔！

（巴拉赫跟著離場。）

阿　舍：（摸著頭上的花環）這是怎麼一回事？怎麼會有婚禮要用槍的呢？

女　角：演戲嘛！走吧！我們得去後台排練了⋯⋯走吧！

（阿舍隨著女角離場。音樂聲中。女詩人探頭探腦地出來，發現男子出現在燈塔的窗口。）

女詩人：（低喚著）喂！你這隻憂鬱的候鳥怎麼會飛到我的窗口呢？

男　子：（低喚著）有什麼稀奇的嗎？你在我夢裡的屋頂上散步。我在你的夢裡到你的窗口看犀星，這是很平常的事啊！

女詩人：好！算你這個幻影會說話。

男　子：喔！我看到自己的幻影了，就在那波濤洶湧的甲板上彈琴，我先走了！

女詩人：喂，等一下！那麼你告訴我為什麼這婚禮的戲要用上槍呢？

（站長從女詩人的背後悄悄走出來）

站　長：我猜是婚禮的戲要在「格拉瑪號」上舉行有關吧！

女詩人：（些許疑惑地）格─拉─瑪─號，你是指那艘登岸的

船就叫「格拉瑪號」嗎？

站　長：難道不是嗎？戲裡頭是這麼說的呀！（朝觀眾）我
　　　　有搞錯嗎？

女詩人：（不以為意地）那又怎樣？

（站長從燈塔上下來）

站　長：（兀自地）「格拉瑪號」在記憶的時空中潛行四十多
　　　　年，登岸後，成為隘勇線上一場婚禮的現場……這
　　　　肯定不會是一場尋常的婚禮。

女詩人：（著急地）這怎麼說呢？

站　長：因為隘勇線就像隱形的邊境，從地球的這端切割到
　　　　地球的那端，隔開不平等的世界。

女詩人：所以呢？

站　長：所以，你想依「格拉瑪號」的性格，它會就這樣舉
　　　　行一場平靜的婚禮嗎？

女詩人：你愈說愈複雜了，連時空都搞混了！

站　長：這就是我們連做夢也想不到的處境呀！但有一件事
　　　　情是很清楚的，那也就是邊境的血還一直在戰火中
　　　　流著。

女詩人：這麼清楚！連船的性格都這麼清楚。這麼說，你真
　　　　的上了那艘船了！

站　長：應該說，只是在你的夢裡吧！

女詩人：好！不管了。那你說那劇作家呢？他在船上說了關
　　　　於密碼寫成的劇本的事嗎？

站　長：你應該試著讓那個水手來到你的白日夢裡……他比

　　　　　較清楚。戲就要開場了！我得走了！

女詩人：你也要軋一角啊！等等！這是很不尋常的婚禮。

　　　　（站長離去。女詩人追過去⋯⋯。流浪漢拿出一塊紅
　　　　布，鋪在地下。他蹲到角落裡，燃起一支火花。這時，
　　　　女角與阿蘭妹跳著鼓花陣出場。站長好奇地從戲院屋頂
　　　　探望這場不尋常的婚禮將如何發生。）

阿蘭妹：喔！我去拿準備好的東西。（出場拉出一個貼著囍字
　　　　的箱子）

站　長：喂！導演，你要我來軋一角的，我演什麼呢？

女　角：嗯！讓我想想，你就演⋯⋯喔！我們剛好缺了個證
　　　　婚人，你就演證婚人好了。（朝阿蘭妹）給我槍⋯
　　　　⋯。

　　　　（阿蘭妹拿槍給女角。女角丟一把槍給站長。）

站　長：（握著槍）證婚人拿槍，這點子蠻特別的，但好像
　　　　沉重了一些，喂！這是你做戲的風格嗎？

女　角：（調侃地）風格！老兄啊！我都認識你這麼多年
　　　　了，你什麼時候變得這麼布爾喬亞起來了呢？

站　長：蠻酷的⋯⋯那我們怎麼開始呢？

女　角：（朝阿蘭妹）給我結婚證書⋯⋯。

　　　　（阿蘭妹拿證書給女角。女角將一張束在竹片上的紙紮
　　　　拋給對方。）

站　長：（讀了手上的紙）這是戰爭宣言，還是結婚證言？

女　角：這就是我的風格……（左顧右盼）喔！新郎和新娘
　　　　呢？

　　　　（這時巴拉赫走出場時，阿含跟著出場，超過他身前。）

阿　含：喂！我要走了！

巴拉赫：（冷漠地看著對方）

阿　含：我要去真正的隘勇線。

巴拉赫：這裡就是啊！

　　　　（阿含轉頭要走……。）

站　長：別走！你走了這場婚禮的戲怎麼繼續下去呢？

阿　含：真倒楣，你又是誰呀！

站　長：我來軋一角的。

阿　含：（朝女角，埋怨地）你們就是這樣軋來軋去，然後，
　　　　也把我給軋進來了。

　　　　（阿蘭趁機會，將花束遞給阿含）

阿蘭妹：你是今天的女主角啊！

　　　　（女角見巴拉赫沒有動靜，有些著急起來。）

女　角：（喊著）快呀！那個叫巴……什麼的，快到這邊來
　　　　呀！

　　　　（阿含與巴拉赫勉強地站在紅布中間。）

　　　　好！那我們這就開始吧！（朝站長）請……。

（舞台傳來槍炮在夜晚的星空中瀰漫著的音響）

站　長：（朗頌著）

　　　　上蒼啊呀！請爲我們的愛做見證

　　　　並賜給我們勇氣

　　　　得以在這場婚姻面前

　　　　飲下彼此身上的血

　　　　（新郎、新娘請相互敬酒並宣誓：寧死，也要固守這個
　　　　聖城，絕不流亡……）

　　　　蠻酷的，這樣的婚禮，有一種殺伐的感覺，讓人顫
　　　　抖……我喜歡……。

　　　　（此時，流浪漢見現場熱鬧起來，便點燃了炮竹助興，
　　　　站長隨即緊張地以爲又聽見槍聲。）

　　　　怎麼樣……開戰了嗎？（朝空中放槍）

　　　　（戰場上的婚禮，在一場敘事的儀式中展開。阿蘭妹點
　　　　燃手中的火把，女角朝船的方向前去，天空出現一支漂
　　　　移的帆，女角去握住它。巴拉赫躺在沙地上。）

阿　舍：瘋了，你們真的瘋了（逃離現場）

女　角：（敘事地）一場婚禮，在隘勇線上舉行。

　　　　我抬頭，聽見千里外的槍聲。

阿蘭妹：（敘事地）隘勇線封鎖著血的記憶。

　　　　槍聲在邊境，穿越難民的胸膛。

站　長：（敘事地）「格拉瑪號」在時空中流離失所。

那男人，巴拉赫，一個他鄉回來的游魂
在隘勇線上，登上「格拉瑪號」。

婦　人：（打破敘事的情境）瘋了！你們都瘋了。在婚禮中放
　　　　槍，不打緊，還將發生在腦海中的事蹟統統搬上舞
　　　　台……現在，愈來愈難收拾的是：這是婚禮還是戰
　　　　場？

站　長：你說呢？

女　角：是戰場……。

阿蘭妹：是婚禮上的戰場。

（阿含突然間冒了出來）

阿　含：（嚷嚷地）喂！你繼續說下去的話，我就叫警察把
　　　　你們統統送到遊民收容所去。（生氣地）無家可歸
　　　　的人，就會在這鳥不生蛋的地方瞎扯，胡扯……
　　　　（朝巴拉赫）那個，叫巴什麼的，你要走嗎？跟我走
　　　　嗎？跟我到真正的隘勇線去……。

巴拉赫：我是游魂！（出場）

阿　含：（氣沖沖地）懶鬼！（匆匆離場）

婦　人：現在，新郎、新娘都跑了。我們的戲怎麼唱下去
　　　　呢？

（阿蘭妹臨機一動。望一望現場的樂隊。阿蘭妹說：
"music"，樂隊奏起高亢的音符，阿蘭妹、女角與男子
舉著手上的道具，像參加示威隊伍般遊行離場。）

終場──流碑記事

（阿含坐在高處望著夜空，像在數天上的星星。）

阿　含：（專注地）那是獵犬，那是大熊……喔！那是小熊
　　　　……對了！正中央的就是北極星。（翻閱手上的星相
　　　　書）1519年，征服者揮軍墨西哥，在登上金字塔的
　　　　頂端時，突然發現自己迷失在血的迷宮中……迷宮
　　　　中……（出神中，不慎手上的星相書掉落地面）

　　　　（水手從外頭進來，撿起地上的書，翻一翻，還給對
　　　　方。）

水　手：你找到回家的路了嗎？

阿　含：我想，我是迷失在迷宮中了……只不過，不是血的
　　　　迷宮，而是霧中的迷宮。

水　手：你是指這裡嗎？這裡的人都在做白日夢，而且他們
　　　　都相互感染著。

　　　　（浪潮聲中，男子戴上一付墨鏡，從高處探頭出來，又
　　　　隱身黑幕之後。）

男　子：那你也被感染了喔！

　　　　（突然間，有一盆水從戲院的天台上潑出來，恰好就潑
　　　　在水手的身上。）

婦　人：（衝出來）喔！不好意思……那是我的洗澡水，不小心潑到你的身上了！

水　手：（抖一抖身子）現在，我清醒多了……我該走了……我們的船從基隆出發，才兩個小時就在這裡擱淺了！太遜了，我得趕快去處理。

阿　舍：你要走了嗎？在隘勇線放我下來就可以了。朝著北極星的方向，往前走……。（拉著水手往外走）

婦　人：等一下，等一下，那你說的在墨西哥灣遇上那個劇作家的孤魂的事情呢？你沒有說完啊！

水　手：（楞在那裡）什麼……墨西哥灣……劇作家……我在航海上看過墨西哥灣的日落，但上面沒有……劇作家。

婦　人：還有日本海的皇軍呢？

水　手：（不知所措）日本海……（問阿舍）在那裡？

男　子：我懂了！我們遇上的是他的幻影，不是他……。

水　手：（慌張地）什麼我的幻影……你在說什麼？

阿　舍：什麼……墨西哥……你該不會和書上的征服者一樣，也迷失在血的迷宮中吧！太可怕了。我寧可留在這霧的迷宮裡，繼續看天上的星星。

（燈塔上的燈光亮起。突然間，又傳來驚叫的聲音。女詩人衝下燈塔時，她臉上的碑文已消失得不見蹤影。）

女詩人：不行呀！不行！我一覺醒來，昏昏沉沉地腦海中卻映著他劇本裡的話說，什麼……什麼……。

（婦人見狀，殷切地靠近身來，瞧著女詩人的臉，並用手去摸。）

婦　人：寫在你臉上的那些字呢？那是劇作家的劇本，怎麼都不見了呢？

女詩人：（錯愕地）也不曉得，一覺醒來，去洗臉時就不見了。

婦　人：那劇本呢？你知道寫些什麼嗎？

女詩人：我想……我再想想……就只記得最後那一句……什麼……（問水手）喔！對了！時空中的奧德塞，他怎麼對你說的呢？

水　手：奧德塞？在那裡？我沒去過。

女詩人：糟了！一切都毀了。連奧德塞都忘了自己是誰了。（突然回憶起什麼似地）我想起來了，他說：「一切終將如幻影……在一場戲中……從記憶的窗口消失在空曠的夜空下……。」不行呀！這太突兀，了簡直像……。

男　子：（現身）像一場突如其來的白日夢……。

（傀儡戲班的女角與阿蘭妹登上船去，女角手上的帆寫著「格拉瑪號」幾個字。「霧中迷宮」的主題曲響起。船往舞台前方移動。）

女　角：或者說，像一長串嘆息……。

阿蘭妹：灑在預言的土地上……。

（演員合唱「霧中迷宮」的主題曲。）

獨自遠行沒有了你
也沒有影還在暗裡

天空已暗流星不停
如何畫出夜的星圖
車班不來月台消失
旅人腳蹤如何印出

他們來了帶著道具
帶著服裝帶著面具
帶著滄茫帶著身軀
他們來了迷宮開啟

獨自遠行沒有了你
也沒有影還在暗裡

我流血向一場戰役
我回首向一段記憶
我呼喚向一場友誼
我凝視向一具幻影

鬥爭在現實的世界
鬥爭在想像的世界
熊熊火苗燃燒一切
濤濤浪潮埋沒一切

（合唱完後，演員退場。巴拉赫扛著他肩上的漂流木，
朝鐵軌的方向往外走。站長朝著巴拉赫消失的背影揮

手。）

站　長：朝著鐵軌的方向往前走，這裡一切都將隨著你的背
　　　　影消失⋯⋯。

（音樂聲響起。演員隨著傀儡戲班子走出帳篷朝向另一
個生起火焰的村莊前去。）

（THE　END）

在霧起的迷宮中

　　導演從一場遙遠的夢境中醒來時，他的影子問他說：「你確
定要這樣安排場景嗎？」導演在一片矇矓中點點頭，發現他其實
只是醒在夢的邊緣，用一雙疲憊不堪的眼睛，盯著一片翻湧著潮
浪的海灘，灰毯般的天空，舖蓋住一個無以名狀的黃昏。

　　如果，有人恰好因病請假在家，這人就住在導演七號公寓對
樓，相隔僅僅三十米距離。現在，他額上微微發著燒，帶著某種
暈眩，站在窗口吞服醫生囑咐的退燒藥丸。他會在藥丸的糖衣漸
漸在喉嚨間化開時，不經意地發現白日裡亮在導演窗口的兩盞
燈。這時的景象，不致於讓人感到異常的錯愕，卻不免引發一些
好奇的聯想。

　　「是一個怎麼樣的人呢？為什麼白天裡要點燈呢？嗯！還點了
兩盞照明度很強的燈。」公寓對樓的病人這樣想著。俄頃，他轉

頭去做其他的事情時，顯得絲毫沒有戒心，甚至有些漠然。其原因在於：病人似乎找到了他心底的答案。

「可能在準備一場很重要的考試吧！」

「不對，想像和事實之間的距離，很難單憑經驗來測量。」關掉直接照明書桌的那盞日光燈，導演對他的影子微笑著說。

關於導演在書房裡點著燈和自己的影子對談這件事，看似有些聳人聽聞，其實只不過是許許多多長期寫作的人，在獨處時經常面對的狀態罷了！

「角色呢？確定要這樣安排嗎？」影子問。

「我對於角色的安排沒有責任感……。」導演沉思了半晌，之後說，「因而，他們可以任意穿梭在時空中，有時是真實的人，有時又像似幻影一般。」那麼，演員是最大的困擾了。她／他們既可能成為導演的困擾，也可能被角色的幻影性格所困擾。導演在一知半覺地意會著這個問題時，影子已經從窗外傳來的下班車潮聲中，消失於沉沉的暮色底下了！

場景圖在燈下攤著，因為樓層外的光線，在黃昏中逐漸褪逝。圖案上，由電腦描繪所輸出的線條，便顯得格外肌理分明；左側，稍稍朝紙張邊緣延伸出去的是一幢巴洛克式建築的舊火車站；中央部分，依著暗紅色斑駁線條構築出來的是一座像似鐘樓的燈塔；往右，一座被大火山焚毀得僅剩灰暗牆面的樓房，則是場景中染著魔幻色澤的老戲院。

現在，起伏的浪潮聲，在導演的耳際拍打著。他彷彿感覺自己就置身在一座廢墟般的城鎮裡，最有意思的是，他對自己從腦海中虛構出來的地方，有一種無法言說的熟悉感。通常，僅僅從夢境中，他才尋找到這種熟悉的歸宿。

　　坦白說，面對從夢境中構築起來的場景，導演總是多多少少感到某種不安，在他內心深處騷動著。像是他只要輕輕詢問自己：「那麼，現實的情景是什麼？」就會有千千萬萬張蝙蝠般的蹼翅響在他的耳膜旁，令他難以專注下來。

　　當夜，因為在床塌上輾轉反覆，難以成眠，一直至將近黎明時分，導演都沒有機會和影子談起自己內心深處的不安。但好幾回，他都在似睡似醒的邊際，望見影子穿梭在電腦繪圖的場景中。最令人吃驚的是那一陣又一陣飄過腦海，盤桓在時空中的迷霧……。

　　某個週一的下午，我循著訂下來的工作習慣，在書房裡讀書、寫字。或許，因為排戲時在腦海中留下了許多疑問；也或許，想在排戲中找尋做戲的理由，便在筆記本上寫下了一串長長的文字，如前文……。

　　「迷宮」具備了一種超越現實的時空，又在現實的迴廊裡若隱若現的意象。在波赫斯、馬奎斯或其他拉美作家的作品中，經常以不同的隱喻方式浮現出來。但眾所周知，希臘神話中的「迷宮」裡關著一隻嗜血的「米諾牛」，牠是國王米諾斯展現強權的一隻牛頭人身獸，每年都會吃掉許許多多被抓來當獻祭品的男女。

　　在神話中，迷宮是個錯綜複雜的龐大建築，一旦走入其間，便會迷失方向，找不著出口。為了解開神話中如霧般的迷團，十九世紀的英國考古學家伊文思以他一生的時間挖開迷宮的遺跡。有趣的是，陸續出土的迷宮遺址竟然不僅不是禁地，而且是一處帝國的宮殿；曾經有強權在此行使著統治的霸權；也有外邦使臣、商旅、朝聖的香客在此雲集；更有不斷的香火盈繞在神秘的祭典上……。

　　試想像，在遙遠時空的另一端，曾經有一處迷宮，往返著各式各樣的身影，這些身影僅僅在據說是一個晝夜之間，便從這個地球上消失殆盡，這又是一個什麼樣的情境呢？

　　在伊文思和與他意見相左的考古學者的發現中，迷宮有可能毀於地震後的失火，也有可能滅於侵略戰爭的襲擊。讓人深深感到好奇與錯愕的是：無論源於戰爭或者失火，它的消失似乎都發生在很短的瞬間。我好像就是被這「瞬間的消失」所吸引，之後動筆寫了這個劇本，並稱它作《霧中迷宮》。當然，我並不是為重現迷宮的情境而創造了人物，只是藉以作為一種隱喻罷了。

　　在這裡，有一座被大火焚毀的戲院，埋藏著一個被槍決的劇作家以密碼編成的屠殺記憶；有一座燈塔囚禁著女詩人的詩句；有從另一個時空傳送而來的革命身影；還有浪跡時空中；似真又幻的傀儡戲班……，最後，他們通通在一陣突如其來的迷霧中消失殆盡。

　　魔幻的目的並不是為了在劇場中營造一種幻象，藉以吸引觀眾好奇的眼光；相反地，它在親近表象世界之外的真實。這麼說時，我好像才走進了自己所創造的迷宮。因為，我們的確活在一個充斥著「偽現實」的世界裡。順手取來一個例子：我們常大言不慚地自認為活在一個「經濟發展、自由、民主」的社會裡。但我們很少在想，經常活躍於簡易推論中的價值觀，其實，只不過是這世界上少數的人們共同占有的價值觀。只因為，這價值觀對於遂行少數者的霸權有利，便得以不斷擴張，甚而，在順從者的生命中繁衍出言之成理的主張來。

　　這樣的世界，不免讓人產生巨大的孤獨感。這孤獨感是被排拒在主流價值觀以外的大多數人，以不同膚色、性別、語言、眼

神，傳承與認知所交融編織起來的……。他們都有一個共同的視野，那就是：在想像世界中，升起鬥爭的爐火。

運用詩的創造手法，在劇場中塑造一個超越現實的幻想時空，是帳篷戲劇的獨特表現風格。在帳篷這個隨時都與野地的環境搏鬥的空間裡，人的形影和靈魂，都不會是像處於劇院的硬體建築中一般，有一種自然形成的確定與對應關係。相反地，因為被動成為相互接觸時的必然狀態，人因而找尋到一種自在的空間。就好比游魂的意象在舞台上出現時，很容易被解讀為無家可歸者的流離失所，卻也經常被忽略了自由自在的一面。

帳篷的空間裡，如果沒有戲發生的話，也僅僅不過是另一種形態的假日市集；而如果發生在帳篷中的戲，卻與構思一種相關現代社會的想像無關，也僅僅在張揚另一種空間的新奇感。

2001年寒冬，我們在瀕臨下雪邊緣的日本廣島演出一齣稱作《海上旅館》的劇碼。劇中呈現生命漂離、流亡的景象，恰恰與當前擴散在島嶼上的認同口號，形成對比。表演完後，一個飲酒仍難成眠的夜晚，我縮在厚實的被窩裡，望著窗外寧靜的夜空，突而想起了魯迅在〈影的告別〉這篇散文中的一句話：「獨自遠行，非但沒有你，也沒有別的影在暗中。」簡單的句子，卻有繁複的深意隱藏其間。這樣的遠行，面對的是：與遠方的夥伴共同升起想像世界的鬥爭火苗……

就在那個夜晚，我在想像的帳篷裡擺設了《霧中迷宮》的場景。

最初，「差事劇團」作為一個民眾戲劇的團體，從九二一地

震發生後，災區民眾野宿在臨時搭蓋的帳篷中生活的意象裡，找到了帳篷表演的意涵。野宿，讓人從固有的硬體建築中出走，蝸居在近乎餐風露宿的情境中，雖須忍受不時會襲打進來的風雨，或者經常性地與酷熱的陽光搏鬥，卻從而得以身處在鬥爭的警覺狀態中。

就是在這樣，似乎是朝著弱勢民眾如何在鬥爭中確立生存位置的思維裡，「差事劇團」在日本「野戰之月」的協助下，從東京海運來一頂六米高，十二米直徑的圓型帳篷，在2000年夏天，九二一週年祭的前夕，頭一回搭起了一頂足以容納一百五十名觀眾的帳篷，並演出了《記憶的月台》一劇。

猶記得，在那一回公演前的記者會上，藝評人紀慧玲小姐拋出了一個引人深思的問題：「帳篷只是日趨沉寂的小劇場表演中，另一個引人側目的表演空間而已嗎？」當時，我大抵上訴說了「差事劇團」如何在地震災區的帳篷中找到搭帳篷表演的內在脈絡。而在場的「野戰之月」劇團團長櫻井大造，則以渾厚的篇幅敘述了日本帳篷劇發生的緣由。

櫻井的談話，從60年代發生在日本的激進學生運動開始。他談及當時也是學生的他，如何與青年同志們將布滿鐵蒺藜的拒馬架設在校園門口，防止警察進來驅離抗爭學生的情景。他說，這在當時的策略中，便是一種反包圍的行動，亦即以占領校園做為抗爭基地的具體作為。在這樣的行動中，學生似乎找到了革命的空間。但這樣的空間和帳篷劇的關係是什麼呢？在櫻井說法中，並非直接的關聯，而是一種對解放的聯想。特別是跟隨著日本經濟社會日趨熟爛，激進的抗爭行動日漸迫於轉向的年代裡，帳篷劇場於是也在現實中發展出一套地下美學的精神。引用一句櫻井

說過的話,他說:「帳篷是想像力的緊急避難所。」

在帳篷裡釋放身體內部的想像

想像力為何需要緊急的避難所呢?我想,這和民眾如何在劇場中困頓地撐起自己的身體,並說出帶著想像世界的話語來有關吧!因為困頓,才取得鬥爭的通行證;也才需要在像似避難所的帳篷裡,釋放身體內部的想像力。無需迴避,「差事劇團」的帳篷表演受「野戰之月」的影響甚深。原因在於:它們都在呈現一種具辯證性格的民眾美學。但重點在於:它不會也不應該是一套因襲的邏輯,理由是因襲無法衍生出生命的內涵。

如此看來,「差事劇團」的帳篷劇並不僅僅是「另一個引人側目的表演空間」而已。它創造一種具在地性格卻又批判地對待民粹主義文化的時空,也恰恰在這樣的反思中,我以「想像世界的鬥爭」來訴說現階段「差事劇團」的帳篷表演。

為何說是一種「想像世界的鬥爭」呢?容許我比較化約地檢視身處的情境:在歷經了經濟掛帥、國族認同的交互衝擊與馴化下,我們已經習慣於以一種身處在帝國周邊的姿態,來斜視這個世界的處境。我們對於霸權式的尖塔型硬體,有著一種習乎尋常的親切感,並藉以環視周遭的動靜。其實,我們忘了,很多時候那也不過就是帝國文化所輸出的假象罷了!更多時候,它經由龐大的網路、電視傳媒誇大了偽造的現實!而民眾的身體、思緒、言語也一併被織進這個狀似自由,實則充斥侵犯性的虛謊世界中。

然而,無法迴避的事實是:這是一個經由非常細緻的文化過程所編織起來的偽現實。也因此,我們在帳篷裡,運用了「想像

世界的鬥爭」的策略，編造另一種摻雜著記憶、幻想、嘆息、吶喊⋯⋯又或者說孤獨的魔幻情境，來對應現實的虛謊。這樣說來，我們好像創造了一個更大的謊言來顛覆既存的謊言，這是帳篷劇讓人願意待下來的原因之一。

感染著魔幻色彩的迷宮

在布萊希特的戲劇世界觀裡，帶有進步傾向的民眾，形成他創作的原動力。然而，與其在帳篷劇中傳達或者再現教化民眾的情境，倒不如呈現民眾身體或思維底層的想像或記憶。因為，在每一個極為短暫的瞬間，民眾都以他們被虛謊所侵占的身體創造出另一種當下的時空⋯⋯。當這些瞬間串起來時，帳篷於是成為民眾想像力的載體。

民眾的身體是一種被既成體制侵占而馴化的身體。從這樣的層面延展出去，它在具有衝撞性的野宿空間，例如，帳篷中，找到了想像力的反叛狀態。然而，相當重要的是：這個從荒蕪的空地中生長出來的空間，包含無數受壓抑民眾的靈魂，唯有當我們這樣去看待這個臨時被搭蓋起來的物體時，它才進一步地發生了表演的生機。

在帳篷表演中，人的身體是自由的，想像是解放的，意識卻是覺醒的⋯⋯。我們隨時在警覺著發生在眼前，又或者遙遠的記憶中，幾乎被現世的鄙夷所遺忘的聲音及身影。如此，我們在帳篷中發現了一股共同的力量。這股力量，是由每一個自主的個體依想像力的均衡撐起來的，就像帳篷支架的力學構造一樣。

《霧中迷宮》是差事劇團在帳篷表演中的第二號作品。在劇中，有一條記憶時空中的軸線，敘述著一個劇作家在遙遠的年代

中被槍決後，遺留在一座被大火焚毀的劇院中的密碼式劇本。燒成灰燼的斷簡殘篇，竟在一場似夢的情境中，附著於女詩人的額際；另一條軸線，則從另一個時空，帶來革命者的信息與身影……最後，在一個傀儡戲班的穿梭中，曾經發生於1958年的古巴革命之舟：「格拉瑪號」突如其來地在劇中登岸……這一切似真又似幻，像似發生在迷宮中的真實事件，感染著魔幻的色彩。

在帳篷中，融合的時空像一具推進器般，將現實與想像一起往無盡的界線延展。在這裡，我們發現地上的孤獨是如此巨大，因而有人轉向地下的幻想世界中……。

當民眾戲劇在帳篷中發生時，現實的情境只是聯想的引子。因為，帳篷裡的美學世界，包含由不同時空意外闖進來的身影、聲音、思維、欲望、吶喊……，以及現世中的荒謬。

逐漸暗弱下去的候車室

人物：盲詩人、夜遊神、演員A、演員B、阿寒、小飛、Jane、Bob、大隊長、日本兵。

第一場　賣夢的人

（昏暗中，有火車隆隆地響過。穿著站長制服的盲詩人背對著觀眾輕聲吆喝著：「賣夢喔！賣夢喔！有人要買夢嗎？」之後，他以緩慢的動作，像似在一處囚禁的牢房裡摸索著什麼。）

盲詩人：（獨白）

從白天到黑夜，我獨自走著。

當然，那是指你們（觀眾）的白天或黑夜。

我走著。卻聽見雪在心裡崩裂的聲音。

我感覺有些冷，繼續往雪崩的深處走去。

卻聞到血肉之軀的熟悉氣味。

我想，我來到該來的地方了！

在這裡，我們將眼睛囚禁起來，

讓靈魂在夜暗的血肉中喃喃低語。

封禁中，我們遺失了什麼？

只是那些不合理事物的表象吧！

「我們在那裡？」我問，

「在這裡」聲音從雪崩的內心傳來，

「就為了等待一場即將抵達的夢境。」

（盲詩人坐在一張桌子前，從口袋裡掏出不同顏色的車
票，撿起水藍色的一張。）

（頌詩般）這一張可以帶你到一個遙遠神祕的地方，
你曾經在夢境中去過地方……你抬起頭，世界在你
的面前變幻成一顆寶石……你走進去，寶石又變幻
成一片清澈而無聲的海水……。

（頌詩般）這一張呢？有稍稍多一點的色彩……它可
以帶你……。

（突然間，有一位年輕人吹著口哨，從遙遠軌道另一
端。踏著軌道另一端走過來手裡拿著神祕的地圖，他是
夜遊神。）

夜遊神：喂……（從屋頂探出頭來）你怎麼在這裡呢？還穿這
　　　　一身制服……。

盲詩人：（驚嚇地）你是誰？沒事爬到屋頂上，你想幹什
　　　　麼？

夜遊神：我和我的朋友約好來這裡的。他們說要我來和他們
　　　　排場戲，但是，我只想來這裡數星星……。

盲詩人：排戲？你是演員啊？

夜遊神：（下屋頂）有些時候是，但很多時候不是……唉！
　　　　反正就是玩玩幻想的遊戲嘛！

盲詩人：（若有所思）蠻玄的……。

夜遊神：有什麼玄的？就是這樣子嗎！喂！先生，那你呢？
　　　　這裡又沒有火車會來，你怎麼穿著站長的制服啊！

盲詩人：你這樣說，就對了！（朝對方招了一下手勢）來！到這邊來，我告訴你！

夜遊神：（不知所措）什麼！什麼意思？（一頭霧水）

（盲詩人將一張青黃相間的車票交到夜遊神的手上。然後說：「你聽……。」空氣中傳來陣陣微弱的火車隆隆聲。）

（驚慌地）這是怎麼一回事！真的會有火車要來嗎？

盲詩人：只不過帶你到夢的世界中。

夜遊神：夢的世界中……。（拿起手中的車票）這張車票要帶我到夢的世界嗎？

盲詩人：這一張可以帶你到一片黃沙地上，那裡的夜晚會刮起很大很大的風，而風會變幻成不同聲調的吶喊聲，朝你的臉上吹襲過來……。

夜遊神：我不喜歡這樣的夢……。你說這些都只不過是你心中的幻想吧！

（盲詩人拿另一張車票，打算交到夜遊神的手上。）

盲詩人：你想再聽聽火車的聲音？

（夜遊神遲疑了半晌，終於沒拿盲詩人手中的車票。）

夜遊神：（嚮往地）你有車票，可以帶我回到我嚮往的一個夢境中嗎？

盲詩人：什麼意思？

夜遊神：（出神地）上個月的一個夜裡，我在家裡的屋簷下

　　睡著了！之後，我做了一個夢，在夢裡，我騎著車
沿北海岸一路飆去，先是感覺風在耳邊咻咻地響
過，然後背脊一陣發麻，便發現自己成了一陣風。
就在那時，我的鴿子從身後飛揚起來，掠過我的身
前……非常快地，非常快地飛越前去……然後，在
一陣安靜中，我發現自己騎著機車，和我的鴿子，
一起飛翔在一片藍色的天空中，伸手就摸到飄過身
邊的浮雲！

盲詩人：（凝神地）我的眼前出現了一道跨過天邊的彩虹？

夜遊神：彩虹？你是說……。

盲詩人：我是說，你的夢聽起來就像一道七彩繽紛的彩虹。

夜遊神：你有這樣的車票？可以帶我回到彩虹一般的夢境
　　　　裡？

盲詩人：有的。在我的想像世界裡。我得回去畫一張，再帶
　　　　來賣給你。

　　（盲詩人翻著手中的車票，其中有一張畫著多種詭異的
　　色澤。夜遊神伸手去拿。）

夜遊神：就是這一張吧！這一張車票的色彩，和我的夢境中
　　　　的顏色很接近。

　　（盲詩人急急忙想從夜遊神的手上搶回那張車票。卻被
　　夜遊神給握在手裡。）

盲詩人：（慌張地）不行！不是那一張……快還給我……。

夜遊神：看你急成這樣子，肯定是這一張，你不想賣給我的

這一張。

盲詩人：孩子！聽我說，那是一張詭異而邪惡的車票，它會
　　　　帶你到一個泥坑裡堆滿屍骨和血水的荒山中，在那
　　　　裡，鴿子的羽毛如煙塵瀰漫在死亡的氛圍中。不要
　　　　拿走那張車票，快還給我……。

夜遊神：（不信邪地）少來了，教訓人也不是這樣。你一定是
　　　　在騙我的……。

盲詩人：（慍怒）你還不還我……快還我，我把它給撕了！

夜遊神：（靈機一動）撕了？喔！好，我替你把它給撕了。

盲詩人：（半信半疑）你說真的嗎？

　　　　（夜遊神從口袋裡拿出一張紙，在盲人面前撕了。將車
　　　　票放進他的口袋裡。）

盲詩人：把撕掉的碎紙片給我……。

夜遊神：喔！等等……（爬到屋頂將碎紙片拋到天空。）

夜遊神：我幫你把惡夢都撕成碎片，拋到天邊去了！

盲詩人：（無奈地）你是說真的嗎？（盲人準備離去。）

夜遊神：別忘了！我要買的那張像彩虹一般的車票。（得意
　　　　地躲在候車室）

第二場　霧中排練

（演員A和B，以一種冷漠的距離感象徵遺失在歷史角落
中，失去身分的人：阿寒踩個高蹺，穿著破舊的和服，
象徵殖民統治下，身心變形的台灣婦女。夜遊神躺在屋
頂上，像似有些不安的睡著。）

演員A（飾吳源）：如果要去唐山的話，早點想想這間破舊
　　　　　　　　　旅館要怎麼處置。

演員B（飾吳源之子，木村）：爸，那船出港的笛音遠遠傳
　　　　　　　　　　　　　來……。

阿寒（飾演阿秀）：（望著海面）船要過防波堤了。

演員B：朝夕陽開過去了。那艘船是山西丸嗎？

阿　寒：（嚮往地）嗯……。

演員B：現在華北正下大雪呢！

　　　　（突然夜遊神從屋頂上掉下來。）

演員B：什麼！你在這裡呀！

演員A：我們都在等你啊！

　　　　（夜遊神沒頭沒腦的說：趴下！A、B演員互望之後趴
下）

夜遊神：你們有沒有聽見？他們在地底下喊著：「別理我們
　　　　　啦！別理我們啦！」

阿　寒：你瘋了啊！這裡什麼聲音也沒有。

（A、B演員欲站起來）

夜遊神：有的！你們仔細聽，趴到地上聽。

（A、B演員分別趴在地上，仔細用耳朵聽著。詭異的音
樂聲中，夜遊神將月台的階梯倒過來，變成一具棺木，
躺在其中……）

（模擬死人的聲音）讓我們安息吧！別再吵我們了，
你們這些喜歡在紀念碑前爲我們祈禱的人們。你們
的聲音，我們一句都聽不見。太可惜了！但也太美
好了！至少，我們可以從你們那些多愁善感的詩句
中遠離。我們已經死了！我們想死的粉身碎骨，像
那些炸到我們的砲彈一樣。

阿　寒：（有些不悅）你瘋夠了嗎？

（演員見狀，分別退到月台的角落。相互凝神、坐下。）

夜遊神：我沒有「瘋」啊！只不剛從一個惡夢的世界裡回
　　　　來！

阿　寒：（撿起掉在地上的車票）什麼惡夢啊！眞是一個掃興
　　　　的夜晚……。

（遠遠地隱約中傳來「賣夢喔！有人要買夢嗎？」的聲
音。）

夜遊神：喂！賣夢的，你帶了我要的車票了嗎？

（離場）

（阿寒無趣地坐在台階上，將臉埋進膝蓋間，演員A、B
望著她，帶些點無可奈何地離場。

迷霧中，彷彿有一場夢境，從阿寒的沉睡中逐漸湧現。
提琴手站起身來，看看四周，將一頂鋼盔戴在頭上，開
始演奏。空中降下一塊和車票色彩相同的布。

這時，一名全副武裝的美國大兵，手上提著機槍，胸前
掛著一台相機。時而以機槍瞄準前方，找尋掩蔽；時而
在找到空檔時，便搶鏡頭拍照。他拍到戰場上兒童、婦
女大量死傷的影像，逐一呈現在灰牆和殘敗的石柱間。
突然間，傳來一聲轟炸的巨響。提琴聲停止。燈光暗，
遠處，中東調性的音樂聲響起。阿寒披著一身黑布，像
似在被遮蔽的天空下舞動著。之後，她在夢境中獨
白。）

阿　寒：（頌詩般獨白）

有一行波特萊爾，必須從鏽壞的鐵籠中釋出。

有一句魯迅，必須自遺忘之河點燃火焰。

有一句楊逵，有一句呂赫若……。對了，有一句喬
姆斯基，警告著：「有千萬枚飛彈的引信，必須從
伊斯蘭的天空拆解。」

（阿寒從隨身的背包中取出一本精裝的筆記本，她翻開
封頁，朝空中吹了一下，幾些煙塵從書頁中飄散出來，
瀰漫夜空……。舞台一側，一張鋪著白色床單的床上，
躺著相同的那個美國大兵，他是戰地攝影師，名叫

　　　　Bob。床上方滴下一滴像似石油的污水。Bob虛弱地伸
　　　　手想去喝，卻喝不到。一個護士模樣的女子，表情一貫
　　　　冷漠地站在離床有些距離的高處，手中拿著一瓶點滴。
　　　　她是Jane。）

Bob：Water! Give me water......I am dying.

Jane：No, Bob, you are home now.

Bob：I don't want to die......（摸著床上的油污）Is this hell?
　　　　......please help me.

Jane：Tell me what's wrong with you, then I can help you.

Bob：They want me to shoot the truth.（拿起相機對準觀眾）

Jane：And you did......

Bob：But the truth is......（突而拿起機槍，對準毫無設防的Jane）
　　　　I shoot her, the girl......they said she has bomb......bomb
　　　　with her......oh! Damn it, oh! Shit......oh, my God.

　　　　（Jane手中的點滴掉到地上，發出玻璃碎裂的聲響。）

Jane：　（詢問地）It's true, isn't it?

　　　　（Bob從歇斯底里中逐漸和緩下來，他躺下去，睡著
　　　　了；Jane漠然地離開。燈暗弱下去。阿寒坐在她剛剛睡
　　　　著了的地方，頭埋在雙膝間，漸漸地，她抬起頭來，將
　　　　掉在地上的劇本撿起來。）

阿寒：（在黑暗中輕聲喊著）Bob! Bob!

　　　　（燈暗）

第三場　迷失的Bob

（場景轉換為一扇爬滿枯藤的窗口，窗裡似乎有一盞來回晃動的燈泡。阿寒的側影在晃蕩的燈影下默默地吸煙。Jane推著輪椅出來。輪椅上的Bob穿著一件睡衣，兩眼無神地望著地面。）

Jane：（關心地）寫到那裡了？

阿寒：不想繼續下去了……。

Jane：為什麼？

阿寒：害怕吧！

Jane：害怕什麼？

阿寒：不對呀！一切都不對呀！

Jane：那怎麼辦？

阿寒：最好的辦法，就是去遠遠的地方旅行。

Jane：旅行，好啊！你最想去那裡？

阿寒：（出神地，自語起來）昨天晚上，我讀了一篇小說，裡面的主角是一個劇作家，他創造的角色，後來都變成他的一部分……最後……。

Jane：不是在講旅行的事的嗎？怎麼又扯回來！

阿寒：最後，他分裂了，住進精神病院……。（回過頭去，凝視著坐在輪椅上昏睡的Bob）你應該讓他留在美國，接受治療的……。

Jane：我是護士，醫生說留在美國恐怕會增加他的羞辱感，延誤病情。

阿寒：你說，「羞辱感」是什麼意思？

Jane：你知道的，他是失常了，才被送回家的。我在教會發行的一份報紙上讀到一篇報導說，在越戰時期，很多人都以裝瘋賣傻來逃避兵役……報紙上還以斜體字標明說，這些人形同賣國賊，像他一樣，回家後，鄰居就對他指指點點……。

（坐在輪椅上的Bob，從昏睡中轉醒。他看見了阿寒和她打了個招呼。）

Bob：Hi, Han......

（阿寒走到Bob的輪椅前。）

阿寒：Hi, Bob我夢見你了。

Bob：Dream about me? You want to share with me......

阿寒：No!（站起來）都碎成裂片了。

Bob：What's a pity......

Jane：（殷勤地）你該吃藥了！

Bob：Medication......No......I mean later......I want......

Jane：你想吐嗎？我去拿垃圾桶。

Bob：No, I just want to be alone.

（Bob自己推著輪椅在空間中遊走。Jane和阿寒還在原來的情境中，些許焦急著想望著彼此。）

阿寒：醫生怎麼說的？

Jane：精神性遺忘症。就是會一直想從自責和內疚中逃避開來……。

阿寒：也許，那是一種自我紓解的方式。

Jane：愈逃避就愈陷入死胡同中，病情愈來愈惡化。

阿寒：那怎麼辦呢？

Jane：（引導Bob進入催眠狀態的舞動，Bob像有線牽在Jane身上。）要慢慢地提醒他，有旋律地，像緩緩湧動的浪潮一般，一波又一波地洗淨他心牆上的污垢。

（Jane說著，說著，便兀自動起自己像浪潮一般的身體來，Bob則動起他像在戲水的身體，兩人在場上旋律地轉著。）

阿寒：（獨白）昨天夜裡，我被一句卡在腦門上的詩給吵醒了。我睡不著，點著床頭的燈，對著一本淺藍色的筆記本發呆。一切都太安靜了，甚至我的心跳。我發現自己就在一片灰色的天空下……。這時，有一隻……喔！……他像是迷失了。

（阿寒坐回她的書房中，情境由現實轉變成內心的幻境。Bob從輪椅上起身，像似囚禁於一個窄仄的牢房裡，他嘗試離開，卻幾次都難以做到。Jane坐到輪椅上，邊滑動，邊敘述診斷書般地導引Bob從內心的壓抑中脫困。）

Jane：（慎重地）你說，天空先轉變成灰灰暗暗的，然後就刮起大風……你知道，沙塵暴要來了……四周一片沈

寂。

Bob：yes......像在鬼城一樣......Silent。

Jane：（關心地）Are you ok?

Bob：（漠然地點點頭）嗯……。

Jane：先是Jeff，就是平常都很沉默的黑人少尉，在進城的大橋旁看見了一具燒得發出滋滋聲響的男屍，Jeff還說，他看到屍體的上衣口袋露出一疊厚厚的鈔票……。他還問你……。

Bob：Yes, oh, no! He didn't ask me, but told me, those money burned into ashes could be ......,

Jane：對！（看一看手邊的檔案）就如你所說的，那些燒成灰的錢，可能是死去的男人一生的積蓄。

Bob：Then......Blood......Oh! My God, the girl with a doll in her arm......lie down（情緒漸漸激動起來）on......on......。

Jane：（冷靜地喊著對方）Bob......Bob......you must calm down......please

Bob：（無助地）I can't......I can not hold my camera......。

Jane：我知道！我都知道了！你沒有去拍它……你在河邊的爛泥巴地上挖了一個洞，和Jeff一起將它埋了。

Bob：We......we have no choice......this is the only choice......。

Jane：對！這是唯一選擇，你們做得很好啊！Bob......you did a great job.

Bob：你能原諒我嗎？（益顯激動）

Jane：很好！我看，我們今天先到這邊就好了！

Bob：（出奇地冷靜）No! I don't want to stop, please continue,

I can remember ......, It's all start from Seargeant Lipman.......。

Jane：（回應地）你真的還可以嗎？好，對的，你說得都對，是李普曼下士，他說，他接到特情組指揮官的命令，對任何朝前開來的車輛開火。

Bob：他說……（央求的眼神，看著對方）

Jane：他說，伊拉克人都有病……。

Bob：Yes! He said he hate these people, he hate this country......

Jane：Bob, Bob, 你都還可以嗎？你要我繼續下去嗎？

Bob：嗯！He said they all are terrorist......he shoot......and I shoot......。

Jane：Ok! Enough, Bob，你該休息了！（扶著Bob坐回輪椅。）

阿寒：（在書房裡）你確定這不會讓他陷入更大的惡夢中嗎？

Jane：這是他的旅行！像你說的，去遠遠的地方旅行。

（場上燈暗）

第四場　夢中場景

（阿寒出現在陽台上方。蹲成一隻脫翅的候鳥。迷霧湧現，盲詩人柱著一隻拐杖，從場上默默地行走過去。阿寒吹著黏在臂上的羽毛。盲詩人似乎隱隱約約感受到羽毛飄過他的身前。）

阿　寒：我迷失了嗎？先是在一個冰雪封禁，無聲無息的高

原上方，我站在一片冰湖前，凝視著茫然中不斷模糊而去的時空；一瞬間，連換氣都來不及，我已經轉換到一片酷熱的雨林中，暴雨沖刷過後的樹幹，在午後愈來愈稀薄的殘陽中，留下幾些原始而魔幻的氣息。最後，在一陣又一陣不斷侵襲到我耳朵裡的空襲聲中，我發現自己，蹲在這塊島嶼的某個角落……。我迷失了嗎？

（戰爭的影像出現。阿寒從蹲踞中漸漸站起身來。戰爭的影像訊息，像潮水不斷灌進他的身體裡。這時，盲詩人出現在舞台的角落……。）

盲詩人：你看見自己，從一片冰凍的湖上，看見自己顫抖著的身體。我來用找目盲後如暴雨般的想像力。沖刷你記憶中那些無從分辨的光與影。下一站，你將前往你筆下的想像世界……。但，你確定嗎？確定嗎？你確定要買這張車票嗎？

（空中降下另一塊黑、白相間的，車票一般的布塊。盲詩人與阿寒從夢幻中回神過來。）

（懸疑）你確定要去嗎？

阿　寒：（從地上爬起來）我不是已經來到了嗎？

盲詩人：害怕嗎？

阿　寒：什麼意思？

盲詩人：繞了這麼的一個圈子，終於又回到自己的世界中……。這種夢，很折磨人的吧！

阿　寒：（灰漠地）折磨？這不是我選擇的嗎？有什麼害怕或不害怕的？

盲詩人：喔！

阿　寒：現在，我來到自己渴望的夢境中，全憑你賣我的這一張票。（將一張黑白相間的票，放進儲稿瓶中）

盲詩人：（憂心著）想回來，就把票給撕了……。

阿　寒：（望著儲稿瓶中的票）喔！我知道了，現在，你可以先走一步了……。

（盲詩人站著不動）

怎麼了！你還在等什麼呢？

盲詩人：（更加地憂心著）告訴我，你現在最想作什麼？我想蒐集你的夢，為你找到出口……。

阿　寒：出口？

（阿寒沒有理會，兀自將撕碎的稿子放進儲稿瓶中燒了。突然間，臉上帶著飛行員的夜視鏡，肩上披著黑色的斗篷的Bob，從屋頂的陽台冒了出來……。）

Bob：（找尋著）這夢有出口嗎？

（阿寒預期中的抬頭，望望Bob）

盲詩人：（像是聽出對方的聲音）你……喔！糟了，這個夢愈來愈不同凡響了……？

阿　寒：噓……你的時間到了，該走了！

（盲詩人邊頌詩，邊離場。）

盲詩人：我們在這時間的盡頭相遇。那霧中的車票，像枯
　　　　葉，跌進一口見不到底的深井中。

阿　寒：（朝Bob）你想走嗎？跟他走就行了！

Bob：（遲疑半晌）No! I want to stay......

阿　寒：爲什麼？

Bob：我沒有出口⋯⋯。

　　　（阿寒將他的臉貼近儲稿瓶專注地凝視著瓶中的車票，
　　　Bob張開他肩上的黑色斗篷。展開一陣又一陣的夜空飛
　　　行。）

　　　（獨自）夜晚⋯⋯空中飛行⋯⋯吸乾你們的血⋯⋯就像
　　　⋯⋯在吸自己的血⋯⋯吸你的血就像⋯⋯在吸自己的血
　　　⋯⋯。

　　　（Bob朝阿寒靠近，直到阿寒走出去。小飛，阿寒劇本
　　　中的角色，身著一件撕裂成片段的西裝，手中拿著一支
　　　手電筒，用手電筒照著Bob, Bob呆住片刻⋯⋯燈熄，
　　　Bob出場。）

小　飛：媽的，眞是空前絕後的一個大轉彎。天空，萬里無
　　　　雲，沒有絲毫礙眼的塵埃，一束光在「轟」的一聲
　　　　巨響後，快速掠過，天使出現在我眼前，像光一樣
　　　　稍縱即逝。我想，可以了，這下可以了⋯⋯下一
　　　　刻，我的靈魂在空中翻滾，隨著震裂開來的玻璃碎
　　　　片，彈向遠方⋯⋯彈出紐約⋯⋯彈出大西洋⋯⋯在
　　　　大氣中快速滾動，像一只失速的火球，滾過海洋、

陸地，還在我沙漠的家鄉「頓」了片刻，然後，就
掉到這黑黑暗暗的孤島上來了！

阿　寒：對不起，你是……。

小　飛：你不認得我了嗎？什麼事情讓你變得如此健忘了！

阿　寒：我應該認識你嗎？

小　飛：當然囉！我是小飛，你劇本裡的角色啊！

阿　寒：小飛，不對吧！你是說，你是我劇本裡的那個…
　　　　…。

小　飛：怎麼樣？記不得了，對不對？就是那個送快遞的小
　　　　角色。

阿　寒：喔！那個銀色快手……你……你怎麼會變成這副德
　　　　性呢？我記得你留了一個龐克頭，左耳戴了3個銀色
　　　　的耳環……還有……。

小　飛：還有出門時，總是繫在頭上的那條草綠色的頭巾。
　　　　你是這樣描寫我的。

阿　寒：（錯愕地）那－現在呢？

小　飛：現在……怎樣。

阿　寒：你啊！

小　飛：我？我只不過順道經過你的家門，來向你表明我新
　　　　的身分。

阿　寒：天啊！如果，我沒記錯的話，你騎著摩托車將一件
　　　　包裹送到一棟摩天大樓，那包裹裡藏的是一顆定時
　　　　炸彈……。

小　飛：我好奇心太強，自己把包裹解開，在一個吃便當的
　　　　樹蔭下，將自己連同米飯炸得血肉模糊，只剩……

（坐在月台前）

阿　寒：對呀！只剩一具四處漂蕩的游魂，我是這麼寫的……
　　　　……。

（小飛躲起來，阿寒轉身找不到對方）

小　飛：現在，我們必須改變……。

阿　寒：改變什麼？你沒有搞錯吧！你是我筆下的角色！

小　飛：人們不是說，角色上了舞台，就有自己的生命了
　　　　嗎？我目前需要的，而且很緊急需要的，是我自己
　　　　的生命。

阿　寒：不可思議，這簡直是一場惡夢。

小　飛：繼續下去，這夢境會愈來愈有意思……。

阿　寒：我看你是來鬧場的，別把我的劇本給搞砸了！

小　飛：你的劇本在那裡？

（阿寒四處找她的劇本，卻找不著）

小　飛：別找了！你的劇本就在我身上。

阿　寒：你身上？你偷了我的劇本？還給我。

小　飛：別傻了！我是說，由我來安排我的角色，絕對比你
　　　　困在書房裡寫得有意思！

阿　寒：（納悶地）你穿著這身破西裝，看來就像一個……
　　　　唉！我簡直不知道該如何形容……你告訴我，你要
　　　　怎麼改變呢？

小　飛：噓……有戲上場了！

阿　寒：什麼？我的戲嗎？

（小飛與阿寒退到場邊。一個日本兵揹著一個衣衫破舊的國軍出場。他們是在二次大戰末期，從北海道奴工營中逃出來的軍人。國軍是大隊長。他們二人身上都有槍傷。）

日本兵：（放下背上的隊長）你是誰？

大隊長：（納悶地）我？

日本兵：對！你是誰？

大隊長：田中大佐……（跪下）謝謝你救了我一命……。

日本兵：（恍惚地）救了你一命？

大隊長：田中先生，你太累了，累得什麼都不記得了。（拿水壺，欲倒水給對方喝。發現已沒水。）喝口……。

（日本兵拿自己的水壺，喝了口水，將剩餘的留給大隊長，發現對方的腿上有傷。）

日本兵：你的腿……怎麼了？

大隊長：天啊！你真的都忘了嗎？他們從鐵絲網外開槍，少說也幾百發子彈，我中彈了，你看見我中彈了……。你過來，一把將我扶起來，朝山坡上跑去……你一直跑……一直跑……他們邊喊著你的名字……。

日本兵：喊我的名字！（摸到額頭上的血）我……怎麼頭上也有血呢？

大隊長：我知道了！

日本兵：知道什麼？

大隊長：在山坡上，你跌了一跤，你還記得嗎？（撕一塊身上

的布，去擦額頭）

日本兵：跌了一跤？我不記得了……。

大隊長：你跌了一跤，然後，昏迷了幾秒鐘時間……又聽見
　　　　槍聲，還有你的長官淒厲地喊叫著你的名字。

日本兵：我的長官？

大隊長：對，佐藤大尉啊！你忘了嗎？

日本兵：佐—藤—大—尉……。他是……他怎麼了？

大隊長：不可能吧！你怎麼會忘了佐藤呢？「章魚跳舞」…
　　　　…你記得吧！

日本兵：（似乎記起什麼）章魚—跳舞……小孩的屁股上……
　　　　有火……。

大隊長：（氣憤地）他媽的，沒人性的傢伙。在奴工營裡找
　　　　不到小孩，就找身材瘦小的來替代。他媽的，武漢
　　　　來的那個小伙子，就是這樣被活活燒死的……。

日本兵：我不記得了，我什麼都不記得了……。

大隊長：沒關係的，你只是累了……七天七夜，沒得睡，又
　　　　找不到水喝。你休息一陣子，會漸漸恢復記憶的。

日本兵：記憶？我不想恢復什麼鬼記憶……。

　　　　（日本兵站起來，在空氣中揮劍。大隊長一旁慌張地望
　　　　著，並漸漸記起對方的身分。日本兵突而靜止下來。）

日本兵：（疑惑地）我們現在到那裡了呢？

大隊長：（拿出地圖）沒錯的話，應該在一座孤島上吧！

日本兵：孤島？好，最好都沒有人認得我們。就這樣，我們
　　　　一起向世界宣布戰爭結束了！

（日本兵站起來，將頭上的軍帽摘下，丟到地上。當他
要替大隊長摘帽子，大隊長後退了一步。）

大隊長：（矛盾地）你可以告訴我，為什麼要救我出來嗎？

日本兵：（凝視對方）這有那麼重要嗎？我不是告訴你，我什
　　　　麼都不記得了嗎？

大隊長：你不可以什麼都忘記的⋯⋯。

日本兵：為什麼？我不懂⋯⋯。（獨語著）我不記得了，什
　　　　麼都不記得了⋯⋯。

（日本兵說著，說著⋯⋯竟累得睡著了。大隊長拾起日
本兵棄置在地上的劍，兀自獨白起來。）

大隊長：你欠我一條人命。你用這把劍，砍了我老婆的頭，
　　　　再把我老遠從老家押到北海道的奴工營，活活整了3
　　　　年3個月又7天。我們起義暴動的夜晚，原本你不該
　　　　出現的，你輪值休假在家的，怎麼，你好像注定要
　　　　知道我們的秘密似的，竟然又回到槍林彈雨的奴工
　　　　營現場，還救了我一命⋯⋯。

（小飛突然現身）

小　飛：現在，你打算怎麼辦？

大隊長：你是⋯⋯？

小　飛：別緊張。我們是同一個劇本裡的人物，只不過出現
　　　　在不同的場景吧了！告訴我，你會怎麼做？

大隊長：（猶豫地）我⋯⋯。

小　飛：殺了他，替你被姦殺的老婆報仇，血債血還；但是

他救了你一命，你殺他，良心這一關，你又通不過。

大隊長：（一時氣憤）但是我必須殺了他……。（舉起手中的劍）

小　飛：等等……。先問問她的意見。

大隊長：她？

（阿寒在書房抽著菸，悶著。）

小　飛：對呀！是她安排我們出場的，我們是她筆下的角色啊！總得聽聽她的意見吧！

大隊長：唉呀！（趨近阿寒）你這女人，怎麼挑我們這種男人之間的殘酷戰爭來寫呢？

阿　寒：（語意深遠地）別殺他，也別喚醒他的記憶，就揹著他，在這人間的道路上流亡……。（埋頭，悶著……）

大隊長：（似懂非懂）流亡……。

阿　寒：這是面對戰爭唯一辦法。

（大隊長眼見小飛不吭聲，又想不出其他辦法，只好將日本兵揹在背上往前走。）

大隊長：他媽的，還要流亡，在這個孤島上，還揹著一個拚命忘記一切的人……這也叫辦法嗎？

（小飛幫忙將日本兵扶到大隊長背上。他也打算離去。）

阿　寒：等等……你要去那裡？

小　飛：跟著他們在這孤島上流亡啊！

（大隊長扶著日本兵離去。）

阿　寒：先別走，你還沒告訴我你的角色是誰？

小　飛：你看呢？你看我像誰？

阿　寒：（左右來回）像一個從高空跌下來，被炸碎的⋯⋯。

小　飛：（小飛從口袋裡取出一頂穆思林的小帽，戴在頭上）
　　　　對！被炸得粉身碎骨的恐怖分子。

阿　寒：什麼？你⋯⋯。

第五場　逃亡計畫

（Bob在病床上細心地玩著一具娃娃玩偶。他想讓玩偶
自己動起手腳來，玩偶無法順從他的心意。他變得有些
焦慮起來，繼續弄著玩偶，玩偶究竟只是玩偶。他於是
有些惱怒起來。）

Bob：Stand up......stand up（玩偶倒下）Oh! Run away......run
away（玩偶還是倒下）Oh! You this stupid girl......

（Bob 撐著玩偶，將它丟到地上。Jane出現在樓梯上
方，冷冷地望著Bob和被丟棄在地上的玩偶。）

Jane：（關切地）Are you ready, Bob......we are leaving now......

（Bob聽見Jane的催促聲，趕緊將玩偶拾起來，繼續整理
自己的軍服、衣服和行李。Jane開始她的獨白）

他總是在夜深的時候自言自語，含糊說著似是而非的

話，有時他狂熱地說著，好像在和什麼吵架一樣，我們早就不再吵架了，病毒讓他變得多話，我從來沒聽他說過這麼多的話，他總是寡言，而我總是透過他的影像、他的相機瞭解他，我從前會花一整夜的時間告訴他，我多麼愛他照片中記錄的人們、部隊去過的地方，還有那裡發生了什麼事，可是自從他生病後我忙著照顧他，我的話反而變得愈來愈少……。遺忘的病毒，不知道是什麼，醫生說，很多軍人在戰後都曾短期或長期罹患這種病症，這是病嗎？我常想。也許遺忘是好的，忘掉殘忍折磨人的，只留下快樂與笑聲，那麼他會不會最終把我給忘了？

（阿寒從書房裡闖出來，神色有些慌張和失神。）

阿　寒：我還在嗎？還在我的夢裡嗎？

Jane：你準備好了嗎？我們要走了！

阿　寒：要走了？去那裡？

Jane：你的旅行啊！

阿　寒：那是我一個人的旅行。

Jane：現在，我們不參加也不行了！他們已經在陸續封鎖碼頭、機場和其他對外流通的管道了。

阿　寒：封鎖？

Jane：（著急地）姐！你都不看新聞的嗎？這麼緊急的消息，你竟然還一無所知。（從地上拾起一張沾滿泥沙的報紙）你看看啊！

阿　寒：（讀報）

為了對抗邪惡軸心的核武威脅，帝國發布緊急命令，將暫時封鎖孤島，做為部署反核彈威脅的軍事基地。（沮喪地）這不會是真的吧！只是一場惡夢吧！

（Jane朝Bob走過去，用一種機警並帶著冷靜的眼神凝視著Bob）

Jane：Han ask is this true？

Bob：What is true? I don't know......（歇斯底里他握著手中的玩偶）But we must go......go as far as we could......

Jane：Wait......（朝阿寒）我得到醫院將Bob的病歷檔案消除掉……，你們稍稍等我一下。

阿　寒：現在？

Jane：對。趁三更半夜，沒有人的時候！

（Jane離去。Bob推著輪椅上的東西，準備離去。突然有敲門聲響起。Bob去開門，發現門外沒人。小飛穿著那套撕裂的西裝，手上提著一只手提箱，輕輕地閃身進來。）

阿　寒：喂！你有完沒完啊！怎麼選擇這個時候來找我呢？

小　飛：我來得恰是時候，你不覺得嗎？

阿　寒：（摸不著頭緒）怎麼說呢？

小　飛：我來為你解圍的……。

阿　寒：為我解圍？

小　飛：（機靈地）難道不是嗎？他們現在將孤島給封鎖

了，轉換成軍事基地，我來帶你逃離這裡的呀！

阿　寒：逃離這裡？我是有去旅行的計畫，但我還要回來
　　　　的，我不能這麼輕易就離開這個我創作的地方⋯⋯
　　　　我還有很多記憶⋯⋯真實的、幻想的⋯⋯在這個孤
　　　　島上，我不能就這樣離它們而去⋯⋯。（將儲稿瓶的
　　　　火點燃，然後，將手上撕碎的稿子丟進儲稿瓶中。）

小　飛：冷靜點。現在輪到我來安排你的進出場了！

阿　寒：天啊！你打算怎麼做？

小　飛：（從手提箱裡取出一張紙）這是我的逃亡計畫。你先
　　　　看，我去做些安排⋯⋯。

（小飛離場。盲詩人在邊場唱著歌）

阿　寒：喂！賣夢的，告訴我，我夢的出口在那裡？

盲詩人：太遲了⋯⋯。

阿　寒：太遲了，什麼意思？

盲詩人：我們活在異邦人的天地裡。

阿　寒：所以我沒辦法從這場夢境脫身了？

盲詩人：誰能從異邦人的天地脫身呢？我得走了⋯⋯。

（盲詩人兀自離去。阿寒無趣地走回小飛身旁。）

阿　寒：（冷冷地）告訴我，你的逃亡計畫吧！

小　飛：噓！小聲一點，我好像聽到他們的喘息聲⋯⋯。

阿　寒：他們？誰呀！

小　飛：就是大隊長和日本兵啊！

阿　寒：他們不是相互揹著流亡去了嗎？

小　飛：但，他們反悔了。

阿　寒：反悔了？怎麼會這樣呢？他們是我筆下的角色啊！

小　飛：他們要來找你了！

阿　寒：來找我幹什麼？

小　飛：平反他們的命運啊！

阿　寒：天啊！這等一等再說吧！先說你的逃亡計畫。

小　飛：喔！我想，我們先潛進地道中一陣子……然後再找
　　　　其他辦法。

阿　寒：可以啊！

小　飛：那就來吧！

阿　寒：這裡嗎？我怎麼不知道我的書房底下還有秘密地道
　　　　呢？

　　　　（小飛領著阿寒到她書房，打開地面的木板，有一條地
　　　　道。突然，冒出兩個人影，他們是大隊長和日本兵）

你們……。

大隊長：對。我們來找你討論我們的命運。

日本兵：我們如你安排的，在孤島上流亡。我們跋山涉水，
　　　　穿越人世間最苦難的時空，最後，發現一切的安排
　　　　都是錯的。

小　飛：（著急的）好！好！我們可以再重新安排過。但，
　　　　現在他們已經準備封島了，我們必須儘快脫身。
　　　　（朝阿寒）你同意嗎？

阿　寒：（莫可奈何）也只能這樣了……。

大隊長：（固執地）不行。首先要取消我們的流亡計畫，也

就是……（示意日本兵接話）

日本兵：也就是平反我們角色的命運之後，再改換新的計
畫，一切要按部就班來，包括我如何救他的細節，
以及他又如何原諒我……等等……像做研究一樣的
種種細節。

小　飛：（爭吵）你眞是一個死不悔改的日本人，現在情況
已經那麼危急了，你還在談什麼細節，還不快逃…
…。

大隊長：（惱怒他）說話客氣一點，好不好！

（阿寒在一旁看著，變得有些惱火起來）

阿　寒：好了！你們統統不要吵了！這樣下去不會有什麼結
局的……。

大隊長：（氣急敗壞）結局？結局就是修改我們的角色啊！

阿　寒：天啊！你們這群綁匪……。

日本兵：你說什麼？

阿　寒：（沉思半晌）這樣好了！你們先逃亡出去，在北方碼
頭的二十號倉庫等我，我需要一些些時間，重新…
…唉……重新安排你們的命運。

日本兵：（問大隊長）怎麼樣？

大隊長：不行！

小　飛：什麼……這樣還不行！

大隊長：必須在這裡，就現在……。

阿　寒：饒了我，好不好？我的大腦沒那麼快，說要場景就
有場景……。

大隊長：（嚴肅的）我想，我有了……。

小　飛：有……。

大隊長：場景啊！

阿　寒：（好奇地）是什麼？

大隊長：我們要先審判你……。

阿　寒：（吶喊地）什麼……。

（大隊長與日本兵轉而變得有些歇斯底里起來。他們邊
走邊喃喃自語著。小飛見狀，原本要去阻止，卻被他們
的眼神給擋了回來……。他們逐步靠近阿寒，逼阿寒走
回她的書房，之後，在書房前燃起一道火線……。小飛
躲到一旁去。）

大隊長：將你的記憶還給我。我不想來到你的世界中。

日本兵：將你的想像還給我。我不想來到這個鬼地方。

阿　寒：把我書房外的火給熄了！否則……。

大隊長、日本兵：　（一起回頭）否則怎樣……你這穿不透歷史
　　　　　　　　　迷霧的作家。

阿　寒：（忍痛地）否則……我把你們給一起燒了……。

日本兵：（狂笑著）燒了……燒了最好……讓我們成為你疲
憊的眼神中的餘燼，繼續遮住你望向暗夜的心。

阿　寒：你們別逼我……。

大隊長：是你逼我們在這時空的渡口，彼此糾纏不清……。
讓我們不能忘記，不能忘記那逐漸在人們的記憶中
模糊而去的身影。

阿　寒：你們是不該忘記……。不是嗎？

日本兵：不！我們該忘記……。（望著大隊長）

大隊長：（凝重地）一切都太遲了！我們在你的書頁中，穿越幽幽暗暗的時間長廊……。當我們回到現實，卻已成為沒有臉孔的士兵，相互吐著殘喘的氣息……。

日本兵：（突然回頭朝阿寒）讓我們消失吧！從這個世界中消失。（遲疑片刻）又或者……。

阿　寒：（平靜地）又或者……怎樣？

日本兵：又或者……搶回我們失去的時空。

（阿寒抬起頭來，望向天空，遠遠處，似乎有炮火聲傳來，染紅了夜空。舞台一角，阿寒看著她的劇本。日本兵出場，雙手反綁，跪下。大隊長手持軍刀，要砍日本兵的頭。）

日本兵：動手吧！

大隊長：就這樣囉！冤有頭，債有主……。

日本兵：至少這比較像戰爭吧！如果，有一天真相得以大白於世，再將我的骨灰埋在奴工營的現場……。

（大隊長欲砍對方的頭時，阿寒將稿紙撕裂，放入火盆中。砍頭行動這邊的燈光暗。接著，舞台中央的水池處，小飛手拿著一支火炬，準備逃亡離去。）

小　飛：（東張西望在找人）該走了！我帶你一起離開這個軍事孤島。快呀！

（阿寒站起身來，將劇本都丟進儲稿瓶中，燒了……。

（小飛慌張地靠近阿寒，想搶阿寒手中的稿子。）

（驚恐地）不行啊！不要燒了，你會燒到我的⋯⋯。

（小飛像著了火似地離場。燈暗）

盲詩人：　（邊走邊吟頌）

　　　　我該走了！我真的該走了！

　　　　記憶的岩石上有死亡的陰影；

　　　　現實的天空下有震耳的炮聲。

　　　　我遊走著，用敏銳的腳趾頭，

　　　　去觸碰想像的池水。

　　　　我彷彿摸到冰冷的屍體

　　　　在炮坑裡詛咒著：

　　　　「媽的，就這樣完了嗎？

　　　　就這樣，媽的，不戰而亡了嗎？」

　　　　我該走了！真的該走了！

　　　　後會有期了！

　　　　但願我的車票，

　　　　帶你們回到你想去的夢境。

阿　寒：去那裡？

盲詩人：去看一場戲。

阿　寒：演些什麼的？

盲詩人：喔！關於夢的一場戲。你願意陪我去嗎？

（阿寒遲疑著，未動。盲詩人兀自朝觀眾席方向走去。）

（THE　END）

有一場戰爭……

　　有一場戰爭，在遙遠的地方發生著。遙遠的原因，主要源於我們得以經由現代化媒體的立即性傳播，隨時發現自己並非身歷其境的觀眾。因而，有另一場戰爭，其實在我們的內心深處發生著：我們必須去尋找一種合理化的理由或位置，來面對這件畢竟無論如何都是巨大人類災難的事情。

　　當然，人們都希望從和平的祈願或訴求中，找到一種遠離炮火的姿態。但因為這樣的姿態過於單純而美好，反而讓人看不清楚姿態背後到底還存在什麼樣的思維。問題的重點通常發生於：就好比歷史上的戰爭都是無法臆測的一般；和平的臆測幾乎是無從渴望起的。更何況，發生於人類21世紀初期的這場戰爭，其實根本談不上是戰爭，而是帝國擴張的懲戒性行動：以絕對的武力懸殊予以弱方致命性的一擊。這一擊，在可見的半個世紀，勢將連同粉碎任何方式的和平想望與行動。

　　從這裡，我們彷彿從某個沙塵飛揚的斷壁殘垣間，探頭望見死亡的荒蕪和生存的荒謬。到底無論如何，我們都無從坐在電視機前，讓好似戰爭影片般的現場報導，說服我們這只是一場非得如此發生不可的悲劇。悲劇源自於衝突的雙方，在毫無折衝的餘地下，必然來到的災難，但眼前的災難，僅僅能追尋到一個早已被強權的一方設定好的布局中，又如何稱得上是衝突呢？

　　那麼，該如何呢？如果有一齣戲要發生。我們似乎已有足夠的空間去越過眼前發生的事實，而在衝突的背後，去追溯荒蕪與

荒謬的本質。

　　這時，我們聯想到人是如何跨越現實生活的門檻，卻又在夢境中溺斃。換言之，是在真實和夢境的交錯地域不斷等待著那其實已經被撕毀的和平契約。

　　簡單說，遠方的戰爭只是一個引子。我們要表現的還是發生在自己生活中的「戰爭」，或者說對於「戰爭」的回應吧！

　　最早，發生在遠方的那場戰爭，是以血淋淋的新聞影像，有計畫地出現在我們的日常生活中。有計畫的原因當然和發動戰爭的一方早已掌握媒體，並且視媒體為另一場戰爭的據點，有著不可忽視的關聯。漸漸地，全世界各個角落裡，慶幸炮火沒有落在自家庭院前的人們，都會自動打開電視頻道或者被迫在街道、餐廳或百貨公司目睹戰爭的發展。從醒來的那一刻起，出現在螢光幕前的戰火，便很少眷顧到被強烈炸彈襲擊而流血犧牲的被侵略者；直到夜晚，當人們準備睡去時，傲慢的入侵者仍然得以運用修飾性的辭彙，訴說科技戰爭的人道謊言，當然是擺出一付讓人輕而易舉便得以接收的「解放者」姿態。

　　虛構的事實，每天以真實的「姿態」，在我們無從歇息的視覺神經中傳導著。這「姿態」說服了大多數對帝國從來不存疑的人們；但也會有人道主義人士，對戰火的無情深表痛惜，卻對帝國的修辭照單全收。島嶼的歷史似乎註定要從裹在身上的星條旗被單中取暖；一旦，掀開被單後，便再也無法去感知或測量自身的體溫，這樣的情境，其來有自，但似乎也毫無永不止息地繼續下去的道理。最先引發批判的還是老左派的團體，當然到後來形成了一支泛左翼的隊伍，在街頭上祭出反帝的老旗幟。或許，因為旗幟太老；也或許這是一面「新」得島嶼上的人都不知如何辨識

的旗幟。引發的共鳴，依稀讓人感到僅僅是舊識重逢的孤寂。

　　孤寂感是跟隨著漫街徹響的口號聲而來的；而口號聲是在吶喊的旗幟下，被抗爭的風捲動起來的。重要的是：一切似乎都在街頭的某個角落裡，由某些熟諳旗幟色澤的人相互招手著……。民眾在那裡呢？我們數度為這樣的問題感到困惑。終於，將困惑轉化成一場街頭行動劇。

　　在AIT（美國在台協會）前的行動劇，從劇場這樣一種被理所當然視作「虛構」的藝術出發，意圖拆解劇場的幻覺，將真實的行動付諸於現實生活當中，這終於導致可以預期的事情在預料之中發生：虛構的電視媒體，立即以「擬真」的畫面，聲稱反美是暴力行為；更難堪的是，素來喜以人道面貌討喜讀者或觀眾的文化精英，緊跟在媒體後面，宣布了一個和平的燭光晚會，即將在大學校園的廣場中展開。當夜，我也勉勉強強被安排到晚會的台子上，以和平的聲調朗頌了一首詩。我想，我只不過是在粉飾一個早已將和平燭火撲滅，並扔進炮火坑的世界！

　　如果，詩歌在這個被撕成碎片般的世界面前，還有些微激盪人心的意義！應該是它被遺棄的剎那間，像一片碎裂的鏡子般，在黑暗的窄巷裡，散布滿地。一時之間，當然沒有任何人會去收拾打掃它，但它似乎以碎裂的鏡像在映照著這碎裂般崩解的世界。

　　我用這樣的理解，在遠方的戰爭面前，寫下了幾首詩歌，也以同樣的認知，在一場戰爭面前，寫下了一齣戲。它的標題：「逐漸暗弱下去的候車室」。

後記——劇作者的獨白

　　什麼樣的劇作者有可能迷失在自己的劇本裡呢？這是一個耐人尋味的問題。當然，也會是一件讓當事人多多少少感到一些難堪的事情。因為，通常稱作劇作家的人，必然對於操控他所創作的情境和人物有著一定程度的把握，否則，他如何說服導演，將他的劇作搬上舞台，進而與觀眾展開面對面的交流？然而，就好比天底下的殊異狀態，總是在被排擠中存在著一般，我們常處在迷失於自己劇作的局勢下。所以，我稱像我這樣寫劇本的人是「劇作者」，而不是「劇作家」。這樣的劇作者，很有可能在寫著角色的同時，自己也成為了另一個活在劇本中的角色。不難想像地，他（應該說是我）的下一步，便是攜帶著靈魂的話語，逐步走進迷宮般的曲徑情節中。

　　這樣子說來，帶著某種客觀的距離來觀察，我像是一個唯心的神秘主義者了！其實，我相信意識形態在分析作品結構時所發生的作用；卻拒絕成為意底牢結絞刑場上的祭品。否則，我們如何去想像《等待果陀》發生於烽火中的塞拉耶佛時的景象呢？在塞拉那佛導演《等待果陀》的蘇珊‧桑培（Susan Sontag）語重心長地說：「我一直覺得，《等待果陀》是一部絕對現實主義的戲劇，儘管它通常被演繹成簡約主義或雜耍似的風格。」

　　風格，有些時候會是創作者個人傾向的取捨。就算是關切現實的戲劇創作，也不可能且不應該僅僅有固定寫實的書寫方式。我會這樣有些近似於獨白般的述說，起因於一個不願被任何動靜打擾的夜晚，我重新閱讀著自己文體繁複的劇本時，突而被某種

莫明的孤寂感給緊緊地圍困著……。

　　如此，基於一種鏡像效應的趨使，我回憶起一些和寫作劇本習習相關的往事。首先，映現在我腦海中的是：一座聳立在熱帶星空下的教堂尖頂。教堂前有一個暗幽的小廣場。黃昏時，幾個穿著薄薄汗衫的孩童，會玩耍般地在臨時搭架於樹幹上的籃球框前，歡鬧地拍打著手中的籃球；當夜晚來臨，荒寂的景象便轉換到廣場對街的幾戶烤肉攤上。零星的年輕男女，在攤前的油燈旁嬉笑怒罵；幾位年紀較長的在地中年男人，則甚少發言地坐在攤位裡的小圓凳上，邊啜飲著抓在手中的矮瓶子啤酒，邊一小口一小口地品嚐著盛在鋁碟子裡的烤肉。我這麼形容，將一個小鎮街角的人生，勾勒出像似碳筆畫下的景象：它似乎與繁華的都會光景，又或者說悠然自得的古蹟觀光勝景，扯不上什麼太大的關係。的確，這個在回憶中浮現的鎮街，夾雜在殖民地建築和在地人的保守民風中。更重要的，它經常性地處於缺水缺電的日夜裡，讓人感受到邊陲國家慣有的緩慢和寂寥。

　　然而，有趣的事情，卻在隔著兩條街以外的一座室內體育館發生著。夜晚七點鐘，暮色剛剛低垂下來，成百上千的小鎮居民都聚集在體育場外的街道上，排著長龍般的隊伍，準備進到空調設施缺乏的大空間裡，為的是欣賞一齣傳頌原住民神話的戲碼。這裡是菲律賓南方民答那峨島的一個小鎮，1995年夏秋之交，由島上民眾劇場團體共同主辦的一項藝術節，正在拉開長達七天表演活動的序幕。我來到這裡，感受著亞洲第三世界國家的人民，如何在自外於歐、美著名藝術的處境下，找尋自身在劇場中全球化潮流的位置。

　　藝術是尊嚴。過去，我曾經在不同的文字檔案中，以類似的

筆觸提到：藝術，又或者說劇場藝術，對於像菲律賓這樣的第三世界國家的人民而言，是表達自身存在尊嚴的一項利器。在菲律賓，漫長的殖民統治，涵蓋著四百年的西班牙，五十年的美國，以及第二次世界大戰期間，四個年頭的日本軍領。當殖民勢力撤守，民族獨立的國旗升上馬拉坎南宮（菲國總統府）的花岡岩建築後。由馬可仕所代表的右翼民族主義政權，在獨裁與美式民主的混亂時空下，發布為掃盪左翼革命勢力而來的，極其殘酷的戒嚴令。在後殖民的世代中，菲律賓人民體嘗到的是：封建土地關係下的貧、富懸殊、左翼肅清下的人權踐踏、資本流動下的勞動剝削……，以及繼續在發生中的全球化發展泡沫。

由此，不難理解，自60年代以降，有為數頗眾的菲律賓劇場工作者，當他們和「藝術」這兩個字所衍生的意涵產生碰撞時，會如何從個人自由步上民眾共同解放的道途；對西方文化霸權的批判和省思，也必然在民族和民眾的改造願意中，鼓舞著劇場工作者的創作與文化實踐。

藝術的尊嚴，在經歷肅殺和貧困的國度裡，在偏遠的民答那峨小鎮中，顯得何其具有宣傳的力量。當夜，舞台上的演出，雖以我所不能聽懂的在地語言發聲，但融合傳統神話的劇情中，還是不難見到對當前政治、社會的批評式諷喻，讓現場處在熱哄哄環境下的觀眾們數度站起身來鼓掌。

90年代初期，當我從媒體工作回身到劇場領域來時，一開始，並沒料想到會如此全付身心的投入。畢竟，劇場一向不被視為是足以養家活口的「行業」。然而，問題就在它不被社會視作正當性的職業，因而有了一種和理想產生串聯的魅力。這樣的魅力具體浮現於我的護照中蓋著多次進出菲律賓機場的戳章上。人們

或許要問：90年代了！世界已經全然變了樣，革命的劇場或劇場
的革命，還會在世局中發生作用嗎？我的回答雖然有些遲緩，卻
一點也不吞吐。「一個貌似慈祥的老人，一手捧著大把的糖果，
另一隻放在背後的手，懸著一只繩套。」我說：「當他站在一個
浪跡街頭的小女孩面前時，會發生什麼事情呢？」

　　不必由我多此一舉地說下去。結果應該不難想像。而對於劇
場可能具備改造世界魅力的想法，一直讓我孤注一擲地注意著老
人背後的那隻手；以及女孩臉上那雙看似單純，實則錯綜複雜的
眼神。

　　我注視著。一種來自第三世界民眾劇場的魅力。我抬頭。彷
彿望見想像的天空中，飄過一朵紅色的雲彩。也就在這同時，在
這小鎮的戲劇活動裡，出現這樣或那樣象徵著革命分子、保守地
主、刻板官僚和外來勢力……等角色之際，有一個人，他和同行
的夥伴，也坐在體育館的鐵椅子觀眾席上，帶著沉思的微笑，望
著舞台上時而優美，時而激昂，時而傷感的景象。

　　他沒有鼓掌。沒有振奮的神色。當然，不曾出現激切的表
情。似乎，他在面對眼前的情境時，只以不斷搧動著手中的扇
子，來消除烘在臉上的熱氣；藉由他的細微動作，我似乎感受到
他潛藏在語言底下的疑慮。

　　我是在這南方島嶼的偏遠小鎮中遇上他的。經由原本就相識
的一位日籍女燈光設計師的介紹，我認識了至今仍與我在劇場和
生活上交互衝擊的這個人。他是櫻井大造，日本「野戰之月」帳
篷劇場的導演，那時，他和另兩位劇團成員同行，前來參加一項
僅僅發生在他旅程中的戲劇藝術節。

　　他不說英文。我不會說日文。而我們便以極有限的英文單字

或句子，交互攀談著。例如說：“Artistic very good, but ideology poor”這樣的對話。在彼此的陌生中，似乎也產生著奇異的互動效應。三～四天相處的日子裡，我們白天在旅館的餐廳，夜晚，則在夜市的攤子或酒吧裡，喝下了一瓶又一瓶的啤酒，撚熄一截又一截的菸頭。能夠交談的，都已盡力費盡口舌了，就是沒有觸及他對體育館中表演的意見。

既然我感受到他的疑慮了。而我又多多少少聽聞他在言談中談及反對美、日安保協定的事情，料想他的左傾政治態度，應該會很支持第三世界的革命藝術。這又加深了我對他的疑慮的好奇感……。然而，他就是絲毫不願以辭無法達意的英文來多談一句心中的疑慮。

而我們就在這樣帶著些許意外的情境下，偶然相識，之後又匆匆話別……。

前不久，我在整理塞滿抽屜的舊紙件時，不經意翻到了一張眼熟的照片：有一個臉龐圓圓大大的小女孩，站在一片舖著薄薄霜雪的菜田中，微笑地抬起頭來。照片中女孩微笑的模樣，讓我一下子就聯想到櫻井大造在體育館鐵椅上交臂坐著時的神情。這女孩是他的女兒，我會留下這張照片，則是在菲律賓偶然相識後的隔年，他邀請我去東京的家中小住了幾天，隨著他的劇團，在臨時租借而來的劇院裡，看了幾回他們稱作「自主稽古」的即興表演練習。同時，也看了他們帳篷中表演的錄影帶。

我們偶爾在飲酒的夜談中，逗趣地談到一次「誤闖」小鎮酒吧，和菲律賓的鄉下舞孃碰杯喝生啤酒的事情。就是一直沒有機

會去觸及他疑慮中的民眾劇場——或者，更準確地說，應該是他在菲律賓旅行經驗中的民眾劇場。

　　如果我們以影響論來看待或檢視一位作者的創作圖像。相信不難從我寫的劇本中追尋到「野戰之月」帳篷劇團的影子。在這裡，「影子」這兩個字並不意味著抄襲或模彷，也全然不是負面的字眼。只是一個過程的必然，或更大膽地說，必然的過程。但這都是最近三年以來，我開始在帳篷劇場裡融合現實於想像世界時所發生的事情；前此，我偶爾自己靜下來書寫，或者與亞洲民眾戲劇聯合演出時，提筆寫下的劇本，大抵都是依具體的社會傾向描述的角色和情境；又或者整理演員們的即興練習所完成的場景。

　　帳篷劇的劇本書寫是截然有別於過去的書寫經驗。關於這件偶然發生在自己寫作遊程中的事，我想要從一趟風雪的旅程談起。

　　1999年的冬天，沒有什麼特別的事情發生。我和家人及劇團的一位演員，決定變更屢赴東南亞熱帶旅行的行程，轉往冰天雪地的北海道，探望一位曾經兩度合作表演過的舞踏舞者澤田利秀。北海道之行，彷彿埋藏著某種無法以言語說盡的契機。現在回想起來，格外令人感到時間的偶然裡所潛伏的因素，通常會演變成生命中的決定性元素：回程的前一天，我突然間想起多年未見的櫻井大造，關於他所描述的帳篷劇……他說起話來，習慣於嚴肅神情下的、突發性幽默感……他很少間歇的紙菸……，以及，一直映在我腦海中的，有關於他對民眾劇場的疑慮。於是，我決定從北海道傳真一封英文簡信給他，並請澤田利秀代我打一通電話，告知隔日將到東京拜訪的事情。

　　旅行。讓人結識契機相合的友誼，在我的經驗中，總有幾次。但因而發生了創作上的深度交流，卻還是第一次。在東京，櫻井大造和他的同事用來辦猜字雜誌的辦公室裡，他提及來台演出《出日本記》一帳篷劇的想法。這齣戲於當年夏天，在滿地泥濘的淡水河畔重新橋下演出。演出過後不久，島上發生劇烈的九二一大地震。之後，當我再次前往東京探望「野戰之月」劇團的成員時，突而談起了在台灣發展帳篷劇表演的事情。

　　對於帳篷劇，我有一種陌生的好奇。至於，如何在帳篷中演出的事情，我僅僅也是經由耳聞而兀自進行的想像罷了！但有一層意象，卻是具體且無從抹滅的，也就是地震災區搭起的一頂又一頂的小帳篷。這些帳篷，曾經在我趕車前去災區探訪時，讓我聯想到帳篷劇的種種……，自然地，都是浮現過腦海的想像罷了！並沒有什麼深入的思維。

3

　　帳篷從東京運抵台灣，彷彿開闢了日本地下劇場和台灣民眾劇場相逢的陣地。我寫了第一齣帳篷的劇本──《記憶的月台》。陣地的前方充滿著不確定的未知，只不過深深感覺想去碰觸被本土意識所遺忘的記憶；與此同時，我似乎發現帳篷空間中呼吸著一股魔幻的氣息。我內心深處，有某種難以明白詮釋的欲望湧動著，那是接近詩的欲望，在帳篷與自己的時空中，交互流竄而激湧著。

　　搭完第一次帳篷後，有愈來愈多的困惑，像推湧著沫浪的潮汐般，在我的內心深處起伏著。民眾如何在帳篷這樣的空間中找尋到現實的批判感呢？帳篷中的表演，如何去承載一種現實的投

射呢？

　　當櫻井大造說：「我是一個現實主義者，只不過是另一種現實主義……」時，我回想起馬奎斯曾經在他的文章中提到：「我是一個現實主義作家……。」

　　馬奎斯和櫻井大造。一位舉世聞名的拉丁美洲作家；一位刻意與名望相忘於江湖的日本地下劇場編導。他們對於現實主義中的現實，都有高度的凝視性，卻也都採取了稱之爲「魔幻」，或者說是「想像力的緊急避難」的另類風格，來探索現實背後無限流動的時空，而民眾是在獲致這種高度自由的想像時，從現實的虛構性解脫了出來。

　　在這樣的經驗中，我找到了「詩化的現實」。就好比櫻井大造說：「不希望演員將想像中的現實帶上舞台，而是在舞台上表現當下的現實。」換言之，帳篷就是一個不斷「無化」現實的想像場域。因而想像和現實之間發生著既相應且對抗的空間；詩，也有類似的魅力。它透過層層的「轉喻」或「隱喻」，既在表達現實，又從現實的表象中脫身而出，不斷去對抗已成定論的「現實」。只不過詩發生在平面的時空中，而劇場，特別是帳篷劇，卻發生在一個流動的立體時空中。

　　在無意中，從詩裡發現現實和想像的辯證關係：我尚未從平面的時空輕盈而順遂地轉化到立體的時空中；但我已接連寫了《海上旅館》和《霧中迷宮》兩個劇本，這意味著掙扎與搏鬥如我這樣的劇作者，必然得去面對的困頓和坎坷。

　　沒有什麼事情，會在一個創作者身上平白的發生。這多少也說明著，某些事情輕易消失的不可能性。雖然，直到今天爲止，櫻井大造仍然尚未直言多年前他坐在鐵椅子觀眾席上的疑慮。但

我想，對「現實」或「現實主義」過於單一化、二元化的思考，會是他眼神中浮現出疑慮的最大原因吧！

　　我這樣獨自臆測著。繼續度過一個劇作者被「溺斃」或「重生」的創作狂流。我的眼前，除了巨大的風浪之外，還有一處點著燈，讓人沉思於想像與現實交際的河岸。

魔幻帳篷

著　　　者／鍾喬

出　版　者／揚智文化事業股份有限公司

發　行　人／葉忠賢

總　編　輯／林新倫

登　記　證／局版北市業字第 1117 號

地　　　址／台北市新生南路三段 88 號 5 樓之 6

電　　　話／(02)2366-0309

傳　　　真／(02)2366-0310

郵撥帳號／19735365

戶　　　名／葉忠賢

印　　　刷／鼎易印刷事業股份有限公司

法律顧問／北辰著作權事務所　蕭雄淋律師

初版一刷／2003 年 12 月

定　　　價／300 元

ISBN／957-818-564-2

E-mail：yangchih@ycrc.com.tw

網址：http://www.ycrc.com.tw

國家圖書館出版品預行編目資料

魔幻帳篷/ 鍾喬著. -- 初版. -- 臺北市：揚
智文化, 2003[民 92]
面；公分

ISBN 957-818-564-2（平裝）

854.6   92016751